L'Allemand de Saint-Lunaire

Armel Joubert des Ouches

L'Allemand de Saint-Lunaire

Préface de Patrick Poivre d'Arvor

Éditions CRISTEL
35400 SAINT MALO

Ce livre a été publié avec le concours
de l'Institut Culturel de Bretagne/Skol-Uhel ar Vro
(Conseil Régional de Bretagne)
et du Conseil Général de Loire-Atlantique.

Tous droits de reproduction, de traduction et d'adaptation
réservés pour tous pays.

© Éditions CRISTEL, 2000
ISBN 2-84421-015-5

*À mon épouse, Laure,
à mes enfants, Jean, Anne, Marie-Armelle et Paul,
à mes parents, ma famille.
À Annie et Alfons.
Et à la liberté...*

PRÉFACE

C'est grâce à Armel Joubert des Ouches que j'ai mieux appris ce qu'avait été la vie d'Alfons Ruhnau...

De mon Trégor qui n'est pas si éloigné de Saint-Lunaire, j'avais souvent entendu parler du combat tenace d'un homme qui voulait se faire adopter d'une communauté naturellement méfiante à l'époque.

Tous les points de vue se comprennent et il n'était pas dans l'intention de mon excellent confrère de juger, de choisir. Un journaliste est là pour témoigner, pour raconter, et on peut facilement imaginer ce que fut l'accueil de Saint-Lunaire en voyant arriver ce drôle de citoyen hors normes. Mais au fil du récit, on y découvre des vertus qui n'ont plus si souvent cours aujourd'hui, dont on se moque parfois : l'amour, la tolérance, la générosité. On y apprendra que le pavé public de Saint-Lunaire s'appelle la « vallée de l'Amitié » et qu'il fut autrefois le lieu où Alfons déclara sa flamme et demanda sa main à Annie...

Merci à Armel Joubert des Ouches, qui sillonna si souvent le grand ouest pour l'AFP, LCI et aujourd'hui TF1, de nous aider à transmettre ce flambeau-là, cette mémoire-là.

Patrick Poivre d'Arvor

AVANT-PROPOS

Les ouvrages consacrés à la Seconde Guerre mondiale sont nombreux. Avant nous, d'autres ont écrit, témoigné, expliqué cette douloureuse page d'histoire. Notre souhait n'est donc pas de revenir en détail sur les faits dramatiques qui eurent lieu durant cette période. Tout en nous appuyant sur les grandes dates qui marquèrent le conflit, nous avons voulu raconter la vie d'un homme et, à travers lui, celle de son pays. Comment, dans les campagnes, les Allemands ont-ils vécu la guerre et ses horreurs? Ont-ils su, ont-ils compris? Quel rôle pouvaient-ils jouer? Comment ont-ils ressenti la guerre? Autant de questions que la vie d'Alfons Ruhnau nous permet d'éclairer un peu.

La guerre côté allemand. La percée à l'ouest, puis à l'est, l'Ukraine, la Crimée, Moscou, Leningrad, la retraite, la défaite, la disgrâce et la reconstruction d'une vie... en Bretagne. Malgré les entreprises nombreuses visant à réconcilier les deux pays — la France et l'Allemagne — depuis cinquante ans, les souffrances physiques et morales indéfectibles des victimes auront participé à rendre périlleux l'écriture de cet ouvrage car il ne présente la guerre — le récit d'un soldat de la Wehrmacht engagé dans le tourbillon de la guerre entre 1939 et 1945 — que sous l'angle allemand.

CHAPITRE I

« Adieu maman... »

Il y a déjà cinquante-deux ans et, au fond, rien n'a changé. Alfons possède toujours en lui cette flamme qu'ont les garçons de vingt ans. Je le vois bien dans ses yeux, même si les rides ont envahi peu à peu son visage. Cette jeunesse, il devrait pourtant l'avoir perdue. On la lui a prise un jour, sur un chemin de Prusse, aux abords de l'Ermland. C'est son avis. Mais peut-il penser autrement ? Il en aura fallu du temps. Il en aura fallu des larmes et des vents d'ouest « pour chasser du ciel les orages de l'été ».

À Saint-Lunaire, rien ou presque n'a changé. Le village est resté le même. La rivière n'a pas cessé de couler et la marée caresse avec toujours autant d'amour et d'obstination le sable fin de la Grande Plage. Il y a toujours à droite ce vieux blockhaus coincé dans les rochers, dont l'entrée a été obstruée. Les marées, l'air, le temps et la guerre ne l'ont pas abîmé. Ou si peu. Il rappelle sans cesse aux gens de passage ces heures tristes et sombres d'une guerre que beaucoup ont subie.

Une partie des gens qui habitaient ici depuis la fin de la guerre n'ont pas quitté Saint-Lunaire. Leurs cheveux ont blanchi, leur visage s'est creusé. La démarche des habitants, leurs dialogues parfois hésitants, ont rappelé tout à coup que le temps qui passe et meurt pour avoir trop vécu se joue de la vie. Se joue des mémoires aussi. Personne n'a pourtant rien oublié du passé. Un jour où je me promenais dans les rues de Saint-Lunaire, j'ai surpris Alfons discutant avec quelqu'un. Un voisin, un ami peut-être ; sûrement pas un ami d'enfance. Il n'en a pas ici. Les amis de sa jeunesse sont ailleurs, dans l'Est. La plupart d'entre eux sont peut-être morts aujourd'hui. Alors, de quoi peuvent-ils bien parler tous les deux ? Certainement pas du passé. Alfons, lui, ne peut parler que du présent car il n'a plus de passé. Ou il ne veut plus en avoir. Son passé, c'est Saint-Lunaire. Il commence ici à la ferme des Douets il y a plus de cinquante ans. Mais au fond, à quoi servirait de revenir sur tout cela ? C'est si loin maintenant.

Alors que nous étions assis depuis un long moment ensemble, Alfons et Annie Ruhnau ont fini par me montrer plusieurs photos en noir et blanc sorties d'une vieille boîte métallique rangée dans un placard de la cuisine. Les photos des premiers jours, des premiers mois. Les photos de leurs premiers amours.

Aujourd'hui encore, le temps est gris, très sombre, mais l'air est doux. Nous ne sommes qu'en septembre il est vrai. Comme il en a l'habitude, Alfons m'a servi un café, et je me suis assis devant lui pour parler. Mes questions se succèdent. Je l'interroge et il répond. Son fort accent me privant parfois de le comprendre parfaitement, je le reprends et il recommence son explication. Sa mémoire n'est pas très vive, mais, au fur et à mesure de nos rencontres, des détails lui reviennent. Ce matin, il y a des moments où le silence est lourd. Alfons ne semble rien voir. Son regard paraît d'ailleurs absent. Les souvenirs... « Au fond, pourquoi ressortir cette vieille histoire ? » me lance-t-il tout à coup. Je tente d'attirer vers moi son attention mais je n'y parviens pas. Son regard semble suspendu. Deux mètres derrière moi au-dessus de mon épaule. Je me retourne et je découvre l'objet probable de son silence. Il y a là une petite photo coincée entre un pot de fleurs vide et un chandelier en laiton sur le rebord blanc d'une cheminée depuis longtemps condamnée. La photo a pris place ici il y a de cela plusieurs saisons. On ne l'a semble-t-il jamais touchée, jamais déplacée, pas même pour faire le ménage. La photo est poussiéreuse et, avec le temps, les couleurs du film ont fini par passer. Avec le soleil donnant dans la pièce, c'est à peine si l'on parvient à voir ce qu'elle représente. Pourtant, Alfons paraît y tenir. Il y tient, c'est sûr. Cette image l'obsède, j'en suis maintenant convaincu. Elle doit être une partie de lui-même. Une partie de son âme. De longues secondes se sont écoulées. Nous sommes donc restés ainsi, sans nous parler.

Je ne m'étais pas trompé. Cette photo est la seule image réelle qu'il garde de son passé, de ses racines perdues. La maison de son enfance. Sa maison de Podlechen. C'est dans cette demeure qu'il est né un jour de septembre 1919. Depuis qu'il vit en Bretagne, à l'entrée de Saint-Lunaire, à quelques pas du cimetière, Alfons Ruhnau n'a jamais revu ces quatre murs gris perdus dans la campagne de Prusse orientale. D'ailleurs, ce n'est plus la Prusse, mais la Pologne. On lui a maintes fois proposé d'y retourner mais il n'a pas voulu. Cela remuerait trop de choses, trop de larmes et d'amertume, trop de regrets peut-être... Trop de souvenirs brisés. Trop de haine. Ça lui ferait trop mal. Les trois cicatrices très blanches qu'il porte sur la main, le bras et la cuisse sont là en permanence pour le lui rappeler. Comme ce bout de fer rouillé projeté en 1944 par l'éclat d'une grenade dans un coin de Russie et qu'il conserve encore sous la peau. Comme si le destin ne voulait pas qu'il oublie. Pour qu'il pense, qu'il y repense et qu'il médite encore et toujours son parcours. Le destin. Son destin. Jusqu'à ce que la mort un jour le reprenne.

Septembre 1939. L'Allemagne envahissait la Pologne. Comme une gigantesque mâchoire, des milliers de soldats prenaient en étau le pays tout entier. Ils venaient du nord, du sud et de l'ouest. Le front s'étirait sur mille six cents kilomètres. Un étau se formait en effet, et il ne fallut que peu de temps avant qu'il ne se refermât complètement. Les Polonais n'avaient qu'une armée de cavaliers à opposer aux chars allemands. Les unités de Panzers opérèrent comme des tenailles. La Luftwaffe s'était chargée du reste. En dépit d'une résistance acharnée, l'armée allemande n'eut aucun mal à écraser son adversaire. Il n'y avait plus rien à espérer. Non, plus rien. C'était la guerre et le début de ses horreurs.

Loin du front, on ne pouvait pas entendre le bruit des bombes et des canons, mais, par moments, avec le vent portant, on devinait un grondement sourd, un peu comme l'aurait fait une armée de chevaux galopant. À la radio, les messages hurlaient : « Tôt ce matin, les premières troupes ont passé la frontière et ont atteint Poznan. La 4e batterie d'artillerie s'engage maintenant le long de la Warta ; aucune perte n'est à déplorer... Le commandement suprême tient à rendre hommage aux héros du IIIe Reich... » Des héros. Aux yeux des responsables militaires. De temps en temps, la population était avertie de la manière dont se déroulaient les combats. Il était difficile de tout comprendre tant la radio grésillait. La réception n'était pas très bonne et pour arranger le tout, le speaker défilait les nouvelles à toute allure comme s'il était pressé d'arriver au terme de son communiqué. Il n'avait pourtant pas de pistolet appuyé sur la tempe... Dans ce petit coin perdu de Prusse orientale, personne n'y croyait vraiment, mais la guerre, depuis peu, avait fini par voir le jour. Les environs, les villages, les hameaux s'étaient quelque peu vidés. À Podlechen, il n'était resté que les femmes, les jeunes filles, les enfants, les vieillards. Ils allaient tenter de faire face en attendant que les hommes leur reviennent. Leur vie, leur destin étaient entre les mains du pays. Pour la Pologne, premier pays à faire les frais d'une politique d'invasion systématique, le glas venait de sonner. Ce territoire allait bientôt changer d'aspect, d'identité, de lois et de frontières. Il aurait bientôt de nouveaux chefs. Dans quelques heures, la Pologne ne serait plus vraiment la Pologne et ses habitants ne seraient plus vraiment libres. Dans quelques heures, l'Allemagne aurait repoussé un peu plus à l'est ses frontières et agrandi son territoire. Mais de quelle guerre s'agissait-il au juste? Avait-elle bien un visage? Où étaient les savants, les penseurs, les philosophes? Qu'était donc devenue la Raison? L'Allemagne avait-elle changé à ce point? On disait que c'était pour faire l'Europe. Alors?... Hitler avait pris le pouvoir. Tout avait été si vite.

En Prusse orientale, au nord, tout le monde vivait à l'heure des dernières informations. Nous étions au début du mois, le 5. Peut-être le 6. La date n'avait du reste aucune importance. Ce qui comptait, c'était le climat qui régnait ici. Le ciel était bas. Si bas. Pour un peu, il aurait écrasé les arbres. Les nuages étaient noirs, bleus, menaçants. Il aurait dû pleuvoir mais il ne pleuvait pas. Un froid glacial venait du nord. Des impressions. Juste des impressions. Depuis le matin 6 heures, les premières neiges commençaient à tomber. D'habitude, dans l'Ermland, on ne les voyait jamais avant la fin octobre. C'est vrai que tout semblait figé. La vie avait pris congé subitement. L'ambiance était curieuse. Elle était inquiétante. Le tronc des longs tilleuls crissait comme s'ils gémissaient, comme s'ils adressaient à qui voulait entendre de longues plaintes douloureuses. Les oiseaux avaient disparu. La nature n'avait plus de visage. Il était midi. C'est comme ces choses ou ces sentiments que l'on ne peut pas traduire parce que tout est flou. C'est comme ces vents qui s'abattent en pleine mer après une période de grand calme, qui dévastent tout et qui s'enfuient en n'ayant rien laissé. Cette année, il n'y avait pas eu d'arrière-saison. D'ailleurs, il y avait plusieurs semaines déjà que les arbres avaient perdu leurs feuilles et que le soleil avait disparu pour de bon. L'ambiance était étrange. L'époque voulait cela. C'était l'époque, sans doute...

Depuis trois semaines, Clément Ruhnau avait quitté la maison. Vingt ans après avoir connu « les tranchées de 14 », il avait dû partir pour le front polonais avec pour mission de gérer le ravitaillement des troupes allemandes. Là-bas, on avait grand besoin de lui. Trois longues semaines déjà et son absence commençait à peser pour ses proches. Au front, il devait penser à sa femme, ses terres, ses vaches, à ses chevaux. Soixante-quinze hectares de terres où ses mains s'étaient maintes fois usées en labourant, en semant du maïs et en soignant les étalons. Ils devaient être beaux pour la vente du marché de Königsberg. Ici, non loin de Braunsberg au nord-ouest, l'une des plus grandes villes de l'arrondissement, chacun s'organisait comme il le pouvait. Il fallait continuer à vivre. En l'absence du père, la vie était plus dure, mais que pouvait-on y changer ? Les paysans devaient s'adapter. Alors une guerre de plus ou de moins, cela n'était pas ça qui allait les faire crever les paysans prussiens. Une vie difficile commençait mais les Ruhnau étaient habitués aux coups durs. Dans une famille de huit enfants, cinq garçons et trois filles (Aloys, Alfons, Lucie, Léo, Gertrude, Hildegarde, Clément, Reynold), on avait appris à se priver de temps en temps.

Depuis trois semaines qu'il était parti à la guerre, Clément Ruhnau, le père, n'avait plus donné de ses nouvelles. Il ne pouvait pas. Il était devant, au front, coincé dans une tranchée essuyant les tirs nourris des batteries ennemies. Il était peut-être blessé. Ou il était mort. Pour se vider l'esprit, Anna travaillait dur à la cuisine et dans les champs aux côtés des huit ouvriers employés à la ferme.

Un matin, caché derrière un buffet de la cuisine et pour la première fois sans doute, Anna Ruhnau sanglotait. La lettre que le facteur lui avait apportée lui annonçait le départ d'Alfons. Son fils était en âge de partir à la guerre. Depuis qu'Aloys avait rejoint ses compatriotes, elle se doutait bien qu'un jour, elle verrait partir un autre de ses fils. Elle savait aussi que chaque jour qui passait voyait le nombre des hommes tués augmenter sur les champs de bataille. « ...Alfons Ruhnau est appelé à rejoindre au plus vite son centre d'affectation... » Le courrier provenait du ministère des Armées. Anna n'en avait lu qu'une partie. En même temps qu'elle avait levé les yeux vers le vide, ses doigts délicats avaient écrasé le mauvais papier jauni de la lettre. Oh! bien sûr, elle n'était pas la seule à subir le même sort. Il y avait d'autres mères à avoir vu leurs fils partir au combat et n'en jamais revenir! Mais Alfons était à elle. C'était son fils à elle. C'était sa chair et ses entrailles. Depuis le départ du père, l'aîné de la famille avait pris tout en main. Les ouvriers, les travaux des champs, les comptes. Qui saurait le remplacer ?

Anna pensait bien que son fils aurait à souffrir mais elle croyait fermement qu'il lui reviendrait. Elle lui donna donc une médaille à mettre autour du cou, une médaille de la Vierge. Clément aussi portait la même. « C'était une protection, le recours à la Divine Providence ». Alfons devait revenir pour raconter ce qu'il avait vu, ce qu'il avait vécu. Lorsque le jeune homme franchit le seuil de la porte de la maison, une valise à la main, sa mère lui remit un morceau de gâteau enveloppé dans du papier très fin. Nous étions le 5 septembre 1939. Alfons Ruhnau venait, ce jour-là, d'avoir vingt ans.

Alfons quitta donc Podlechen. Un village où vivaient cent soixante-six âmes. Plusieurs plans d'eau, des tilleuls centenaires, une agriculture intense et bien organisée. Treize fermes se partageaient l'essentiel des terres de la commune. Parmi elles, la maison des Ruhnau. Elle était placée presque au centre du village. Le vieux corps de ferme qui avait abrité plusieurs générations de Ruhnau était une vieille maison de maître. Une vigne vierge recouvrait la façade. Des trois portes d'entrées, celle du milieu ne servait que lors des réceptions, pour des anniversaires, des mariages ou les fêtes de fin d'année.

Alfons se rappelle encore les fêtes qui animaient la maison. Noël et la Saint-Sylvestre coïncidaient avec les anniversaires de Lucie le 31 décembre et de Clément le 1er janvier. Ces deux anniversaires ajoutaient encore à l'ambiance festive de cette époque de l'année. Par ailleurs, une chapelle rythmait la vie de cette famille. En fait, elle tenait toujours un rôle de premier ordre. Ce bâtiment simple, sans fioritures, à quelques pas de la ferme, était « un repère pour l'âme ». Les Ruhnau s'y réunissaient souvent pour la prière du soir, la lecture de l'épître du jour ou la récitation du chapelet quand venait le mois de mai, « le mois de Marie ». La famille avait toujours été très croyante. C'est dans cette chapelle qu'Alfons eut un jour sa plus grande peur. Il n'avait alors que six ans. Un jour qu'il poussait la grosse porte blanche pour rentrer, le vent s'engouffra dans la nef, dans un tourbillon effarant de feuilles mortes et de poussières de l'été. Un hibou sur l'autel avait surpris la scène et, battant fortement les ailes, avait poussé un : « hhoouu ! » qui avait saisi d'effroi le bambin. Il avait eu grand-peur et avait fui à toutes jambes.

C'est dans cette ambiance et dans ces murs — la seule demeure de toute la région à posséder le chauffage central en 1935 — qu'Alfons Ruhnau avait vu le jour un matin de septembre 1919. Le 5 septembre. L'époque du Traité de Versailles. La Prusse orientale avait été séparée du reste de l'Allemagne par le Corridor de Dantzig. Une situation qui avait ici été mal vécue par les habitants situés à l'est du Corridor. Le début d'un autre mur...

En quittant sa maison natale, le jeune soldat emmenait avec lui des souvenirs, des images, son enfance : les deux kilomètres de chemins de terre qui le séparaient du village. Les traîneaux bourrés de paille et les couvertures en peaux de mouton qui protégeaient les enfants lorsqu'ils se rendaient à l'école. Les grosses pelles que les fermiers emportaient avec eux et qui servaient à dégager traîneaux et chevaux lorsque ceux-ci restaient bloqués dans des congères. Tout le monde allait à l'école de Langwalde. Alfons se rappelait l'église que la famille fréquentait chaque dimanche et

Anna et Clément Ruhnau, les parents d'Alfons, photographiés en 1943. À l'époque où leur fils était sur le front russe.

Alfons à douze ans, le jour de sa communion. Dans cette famille très pratiquante, la chapelle rythmait la vie de chaque jour.

les places réservées sur les bancs. Dans cette contrée un peu perdue, les villageois avaient reçu la même éducation religieuse. Deux fois par semaine, prêtres et religieuses passaient dans les classes pour enseigner la Bible. Il y avait aussi les périples pour regagner Kahlberg, la grand'plage de la mer Fermée, à vingt-cinq kilomètres de Podlechen et à une heure en bateau. En quittant Podlechen, il pensait aussi aux anniversaires, à ses dix ans. À ses cours de violon, aux fêtes de Noël magiques où l'on buvait du café, où l'on mangeait des boissons fraîches, des gâteaux en chantant «Stille Nacht» («Douce nuit») devant des parents fiers de leur progéniture. Il pensait enfin à la neige dans les champs et aux feux de cheminée... Tout ce qu'il n'avait encore jamais quitté depuis ce jour qui l'avait vu naître, Alfons devait lui tournait le dos, subitement, peut-être pour de bon. Sa mère, ses frères, ses sœurs, ses «racines». En montant dans la charrette qui l'emmenait loin d'ici, Alfons se rappelait que quelque part, dans la forêt prussienne, une famille l'aimait, pensait à lui et attendait son retour.

Avant d'être envoyé sur le front, le jeune homme avait subi différents tests qui avaient servi à déterminer son aptitude au combat. Deux jours passés à Melsack autour d'officiers-médecins qui s'empressaient d'inscrire des noms sur de grandes feuilles à marges bleues. Il fallait rapidement des hommes. Dans les rangs, hormis les chefs toujours prêts à répondre présents pour obtenir un avancement quelconque, personne ne savait vraiment ce qui se tramait. C'était une armée comme toutes les autres armées du monde; du moins, c'est ce que l'on croyait. Un détail tout de même la différenciait des autres: «nous étions jeunes, motivés. Nous voulions en découdre. Peu importe si on devait y perdre la vie ! Nous devions faire la grande Europe... C'était pour le bien du pays ».

Folie ! Folie collective... Il y avait sûrement d'autres moyens pour la faire. Chez le jeune Prussien, deux sentiments s'opposaient de manière évidente. L'arrachement du départ et l'envie de se battre malgré tout. S'il pensait que cela n'allait être qu'une question de jours, de semaines tout au plus, il était prêt à se battre, jusqu'à la mort s'il le fallait, pour défendre la terre qui l'avait vu naître. Mais la défendre de quoi ? La défendre de qui ? Il était bien incapable de répondre.

Après deux heures passées dans la charrette conduite par Antoine, l'un des ouvriers de la maison, le jeune Prussien arriva devant la gare, saisit sa valise et se dirigea vers les derniers wagons. Quelques instants plus tard, une épaisse fumée noire et blanche sortie des essieux envahissait le quai de la gare. Le train s'ébranla lourdement et, de la vitre mal ouverte du dernier wagon, Alfons regardait, songeur. Peu à peu, la gare ne devint plus qu'un petit point tout noir perdu dans la campagne de Prusse orientale. Une nouvelle page de sa vie venait de se tourner.

Il dormit une partie du voyage, tout comme un ancien camarade d'école qu'il retrouva à bord du train. Puis il arriva à Rastenburg où il rejoignit la caserne d'artillerie. C'est là, dans cette ville du sud-ouest qu'il allait apprendre les rudiments qui feraient de lui un soldat. Formation des troupes au combat, familiarisation avec les armes, les appareils et les ordres. Si beaucoup de divisions étaient déjà formées et constituées depuis plusieurs semaines — quatre-vingt-dix-huit divisions disponibles pour l'invasion de la Pologne —, vingt-six ne l'étaient pas encore. Ruhnau faisait partie de celles-là. Dans le petit hall de l'entrée du bâtiment central où des sous-officiers recevaient tour à tour les appelés, il régnait une ambiance glaciale et surchauffée à la fois. Des officiers trop serrés dans leur uniforme vert lézard, casquette vissée sur la tête comme sur celle d'un pandore, entraient et sortaient en permanence sans même dire bonjour ou au revoir. On allait et venait en déplaçant l'air violemment. On était important et il était nécessaire de le montrer. Au-delà de cette agitation singulière, les types qui enregistraient les entrées semblaient manifestement irrités. À vrai dire, ils semblaient dépassés par les événements. Une erreur s'étant glissée dans le message, les appelés qui avaient répondu à leur affectation auraient dû arriver deux jours plus tard! Le 10 et non pas le 8. Cela expliquait la concentration soudaine et massive des appelés dans la caserne de Rastenburg. Il y avait des hommes plein le hall. Des officiers gueulaient. Ruhnau aurait bien aimé rester chez lui encore un peu car, le 10, sa mère allait avoir quarante-huit ans. Parce qu'il n'y avait pas assez de place pour tout le monde dans les chambres et les dortoirs, une partie des « nouvelles recrues » furent installées durant huit jours au milieu des livres de la grande bibliothèque de la caserne et, somme toute, cela n'était pas pour déplaire aux pensionnaires de la maison. Entre deux inspections ou rassemblements, les gars pouvaient attraper un bouquin et se plonger dans l'univers d'un roman policier. La semaine qui suivit, les hommes reçurent leurs premiers effets militaires. Après un passage obligé dans la bibliothèque, Alfons pouvait comme les autres, désormais, dormir tranquille dans les chambres qu'on leur avait attribuées et qui s'étaient libérées. Il y avait là une vingtaine de jeunes par chambrée dans des lits superposés en fer gris. Un confort modeste mais plaisant. D'ici quelque temps, c'est sûr, les choses prendraient une autre tournure. De cette grande chambre et par une petite fenêtre, on apercevait souvent des soldats qui tournaient en rond comme des lions en cage dans une cour trop grande pour eux, les mains dans les poches, tapant dans des cailloux, tirant sur une cigarette. Ces gars-là étaient des prisonniers polonais. La campagne de Pologne venait de s'achever. Il n'avait fallu que quelques jours à Hitler pour écraser le pays. Déjà, les prisonniers s'entassaient un peu partout. Dans des casernes et des camps créés à la hâte. Le plan de bataille d'Hitler avait pris fin : il avait surpris l'ennemi en jetant cinquante-sept de ses divisions — les trois quarts de son potentiel militaire — à l'assaut d'une Pologne déjà traumatisée par quantités d'invasions en tous genres. Ces hommes que le futur soldat regardait par la fenêtre étaient quelques-uns des cinq cent mille soldats que la Wehrmacht avait fait prisonniers en quelques jours. La belle Pologne, exsangue, avait soudainement cessé d'exister. Le plan avait parfaitement fonctionné. Les nazis proclamaient que, de par son appartenance à « l'humanité inférieure », la Pologne était esclave du IIIe Reich. Les prémices d'une terreur à venir : Belzec, Treblinka, Majdanek, Auschwitz... Pendant ce temps, les Russes qui, de leur côté, avaient fait deux cent mille prisonniers se partageaient la partie inférieure de la Pologne. Le Pacte germano-soviétique n'allait être qu'un avant-goût de Yalta.

Chaque matin en sautant de son lit pour filer à la revue, il regardait dehors par le carreau infect de la chambre. Les mains sur les tempes, le nez collé à la vitre, il suivait du regard les types qui en bas défilaient en rond dans la cour cerclée de murs très hauts bâtis à la manière des murs de maisons de détention. Dans le fond, il avait pitié d'eux. «Pourquoi ces soldats étaient-ils là comme des pestiférés?» C'était la guerre, mais était-elle forcément nécessaire? Et puis, qu'allaient donc devenir tous ces hommes? À quoi cela allait-il réellement mener le pays? Il était sans doute trop tard pour répondre.

Contrairement aux rumeurs et aux idées toutes faites, les premiers jours passés à Rastenburg se déroulèrent dans une ambiance calme et détendue. Tirs, revues, inspections, entraînements. Tous les types étaient à peu près rodés à ce genre d'exercices. Il arrivait pourtant que des jeunes se coincent les doigts dans la chambre de rechargement de leur fusil... Avant de venir ici, ils avaient fait leurs classes et avaient connu la relative incommodité du terrain. Tous étaient passés par ce que l'on pourrait appeler l'armée du travail. Une sorte de service militaire obligatoire dirigé par des ex et généralement vieux officiers de l'armée allemande. C'était le point de passage obligé des hommes considérés comme aptes physiquement à faire la guerre. Ce service rendu à la nation était la condition à remplir pour ceux et celles qui désiraient poursuivre leurs études. La récompense suprême de l'état! Les jeunes avaient donc passé six mois de leur temps, sans permissions, à tracer des routes, débroussailler des forêts, donner des coups de main à la population et restaurer des bâtiments publics à moitié délabrés. Alfons Ruhnau avait fait son temps lui aussi. C'était au cours de l'hiver 38-39 dans la partie est de la Prusse orientale, en Mazurie, la région des lacs. Il avait souffert plus que d'autres peut-être parce que l'hiver avait été précoce et rude et qu'il n'avait que dix-neuf ans lorsqu'il fit l'apprentissage de la dureté des gradés et des officiers.

Considéré comme un élément solide, on l'avait affecté au terrassement des routes. Sa mission se résumait à charger des wagonnets de terre et de cailloux. Il y avait aussi les séances de sport où, le sac bourré de cailloux, les types travaillaient leur endurance en parcourant de longues distances, en petites foulées sous la neige et sur des lacs gelés. Les sections — divisées en plusieurs catégories selon la taille et la carrure des jeunes — étaient dirigées par des chefs qui n'hésitaient pas à faire régner une discipline de fer. Pendant les revues, les recrues avaient l'obligation de se présenter en uniforme parfait et... pelle-bêche sur l'épaule — la première arme du futur combattant avant de passer au fusil ou au pistolet-mitrailleur. La pelle devait être nickel et briller en permanence ! Les outils réfléchissaient la lumière comme des miroirs au soleil et formaient des ensembles impeccables. Le soir, les jeunes pleuraient dans leurs chambres. Que pouvaient-ils faire dans cette chienlit ? Dans l'attente de connaître la mission qui serait la sienne, la période musclée que le Prussien avait vécue lui serait profitable au cas où la guerre viendrait à durer. Et au cas où il devrait se battre pour de bon, cette fois, sous les bombes de l'ennemi...

À Rastenburg, qui deviendrait plus tard le Quartier général d'Hitler durant la campagne de Russie (Hitler, qui avait désiré que son poste de commandement soit dissimulé dans l'épaisse forêt prussienne, avait pris possession d'une zone de huit kilomètres avec terrain d'aviation, gare, plusieurs dizaines de bâtiments dont des bunkers à étages), il n'y eut pas que des moments désagréables. Un matin, au terme de la revue dans la cour centrale de la caserne, l'officier de service questionna :

« Y a-t-il quelqu'un dans les rangs à avoir fait l'école de cavalerie ? J'ai besoin d'un gars pour dresser les chevaux ? »

Ruhnau leva la main. Pour lui qui avait toujours vécu au milieu des chevaux et qui, de surcroît, sur l'insistance de son père, avait fait l'école de cavalerie de Braunsberg avec le meilleur professeur de la région, la question tombait à point nommé. L'occasion rêvée de retrouver même pour quelques jours le climat de la ferme. Mieux que personne, il savait laver, monter, débourrer les jeunes chevaux. À Podlechen, c'était lui le grand spécialiste du dressage. Moins de quinze jours après son arrivée à Rastenburg, une affectation inattendue et inespérée l'attendait, ce qui lui évitait les ennuyeuses revues du matin. De plus, il aurait l'autorisation d'accéder au Mess des officiers pour prendre ses repas. Les officiers, qui avaient pris l'habitude de le voir, aimaient bien ce jeune homme. Beaucoup s'étaient découvert la même passion que lui pour la musique. Les copains de caserne le jalousaient certes bien un peu mais les critiques n'étaient rien en comparaison de la place qu'il venait de décrocher.

Après trois mois passés à Rastenburg, les 10, 11 et 12e batteries d'artillerie lourdes du 161e régiment formées, les hommes pouvaient enfin répondre à leur mission. Chacune des batteries était constituée de cent cinquante hommes et de quatre canons de 150 mm. Les canons tirés par une demi-douzaine de chevaux étaient séparés en deux parties, le fût et le châssis. Dans le convoi, venait ensuite la charrette qui contenait les obus. Si les trois batteries d'artillerie n'impressionnaient guère en raison du petit nombre d'hommes qui les constituaient, la quantité de chevaux en revanche — environ trois cents — offrait un spectacle étonnant lorsque le convoi se déplaçait sur les routes. Plus encore lorsque les obus fumigènes (destinés à camoufler l'avancée des hommes en cas d'attaque), à force de se cogner les uns contre les autres, se mettaient soudainement à éclater. Il arrivera plus tard qu'en plusieurs lieux, les chevaux, affolés d'être ainsi enveloppés dans l'énorme et mystérieux nuage blanc, partent brides abattues! Lorsque les fumigènes s'enflammaient, on avait la frousse que les vrais obus cette fois pètent à leur tour... Cela n'aurait pas produit le même effet! Les trois batteries commandées par le capitaine Schlaëgel étaient constituées et déménageaient pour être dirigées sur Hamminkeln en Westphalie. Les postes et missions de chacun ayant été notifiées, les choses sérieuses allaient en principe démarrer. Ruhnau appartenait à l'état-Major du 161e en tant que radio. Dans un premier temps, son rôle serait d'assurer les liaisons entre cet état-major et les batteries placées devant. Mais il savait aussi que durant le conflit, tout pouvait évoluer très vite.

Officier de réserve intelligent, distingué, la cinquantaine bien portante, un bon mètre quatre-vingts, svelte, le front dégagé, l'œil vif et pétillant, le commandant Schlaëgel était un homme très humain que l'on pouvait facilement aborder. Une qualité appréciable. «Sur le terrain, c'est important de trouver des gens à qui se confier quand il y a eu du grabuge, que l'on est blessé et que le moral ne suit plus». Avant de partir réellement au combat, le déplacement de l'unité vers Hamminkeln avait pour objectif de prêter main-forte à la population locale. Depuis quelques jours, sur les bords du Rhin, les habitants étaient sérieusement menacés par les glaces qui descendaient des montagnes. En poussant la glace vers la mer, les courants naturels provoquaient de véritables barrages de roches gelées qui, avec la fonte des neiges, en montant le long des digues, constituaient des risques réels d'inondations. Pendant huit jours, à tour de rôle, des rondes de nuit allaient être effectuées pour surveiller le mouvement des eaux. De jour, quand c'était nécessaire, des artificiers prenaient l'initiative de faire sauter les blocs de glace encombrants. Un spectacle étonnant que celui des blocs de glace géants s'élevant vers le ciel pour retomber lourdement sur le sol dans un fracas épouvantable. Les appelés n'étant pas encore au combat, c'est chez l'habitant que logeait l'unité, par groupes de huit à dix hommes. Même si les habitudes quotidiennes étaient quelque peu chamboulées, la cohabitation se déroulait le mieux du monde, la population étant habituée à voir régulièrement débouler deux à trois mille types pour lui prêter assistance dans les cas de coups durs. Il arrivait cependant que de petits incidents « domestiques » glacent les relations entre les deux parties. Un soir, Alfons Ruhnau et deux de ses camarades furent invités à prendre le thé chez une vieille dame ! La « cup of tea » allemande n'avait d'ailleurs rien à envier à la tasse londonienne mais la vieille dame distinguée et accueillante avait veillé à ce que l'accueil qu'elle réservait aux soldats soit le plus chaleureux et le plus agréable possible. Nappe, tasses, serviettes, théière, petites cuillères et gâteaux secs. À quelques heures d'entrer en guerre, l'image était peut-être un peu déroutante mais le spectacle était charmant. Ce charme, l'un des trois invités crut pourtant bon d'y mettre un terme. Dix minutes après avoir pénétré dans le salon, le fautif s'était soudainement assoupi sur la table et se réveilla brusquement en un long gémissement. L'homme s'étira et renversa la jolie table !

Les quelques jours qui précédèrent le début du conflit à l'ouest laissèrent d'autres moments très plaisants aux hommes de troupes. Le jour de l'anniversaire d'Hitler, le

20 avril 1940, allait se produire un événement qui offrit à certains le loisir d'une très franche rigolade. Dans la Wehrmacht, on venait d'introduire cette tradition qui était de fêter comme on le souhaitait mais dans la limite raisonnable des choses l'anniversaire du Führer. Les hommes qui le désiraient pouvaient sortir en ville jusqu'à minuit. Ce soir-là, dans la rue principale d'Hamminkeln, une douzaine de gradés venaient de quitter les murs d'une brasserie située en face du bureau des permissions. Cris, chants et rires gras de toutes sortes fusaient. Les types qui sortaient de l'établissement s'étaient envoyé dans le cornet plus de verres que d'habitude et tentaient de regagner leurs chambrées. Alfons, en route pour regagner le lit qu'il occupait depuis plusieurs jours à l'extérieur de la ville, passait dans le coin et décidait, pour l'on ne sait quelle obscure raison, de surveiller la scène adossé à l'angle d'un bâtiment. Il était aux environs d'une heure du matin. Soudain, sorti de nulle part, un gros véhicule jaillit comme la foudre tous feux allumés en direction de la ville. C'étaient les gars de la police militaire. Ils venaient s'assurer que plus personne ne traînait dans la rue. L'extinction des feux avait sonné depuis plus d'une heure. Surpris, Ruhnau n'eut que le temps de plonger comme un lapin dans le fossé qui se présentait à lui. Remis de ses émotions, il releva la tête pour découvrir que les quatre types du véhicule étaient descendus de leur engin et leur avaient sauté dessus comme des chiens en furie. Ces types de la police militaire étaient appelés « Kettenhund », « chien de garde ». Un peu plus tard, les auteurs de cette beuverie prolongée s'étaient vu infliger une marche nocturne à cheval. Sans doute la meilleure façon de les aider à se dessoûler. L'un des gradés, un sergent, qui pour les surveiller devait lui aussi monter à cheval, n'était en fait jamais

parvenu à grimper sur le dos de l'animal. On retrouva le cheval, brides dans le mors et selle pendue sous le ventre de l'animal. Manifestement, la bête n'avait pas quitté son enclos.

« Ton cheval, tu peux te l'garder ! » avait-il lancé à Ruhnau.

Le lendemain matin, la victime lui était apparue un peu grotesque. L'homme aux jambes plus arquées qu'à la normale se tenait le bas des reins et se traînait péniblement. Cette nuit-là, c'est sûr, il avait dû se produire un drame !...

Le talent d'Alfons Ruhnau à dresser cette jument très spéciale s'était vu dans sa manière bien à lui de calmer ses ardeurs : il lui soufflait dans les oreilles... « Erck » qui appartenait jadis à Schlaëgel, et que Ruhnau avait eu pour mission de débourrer, était un animal nerveux. Tellement nerveux qu'on ne pouvait pas même le caresser. Ce cheval n'était pas un pur-sang, mais le Prussien en était fier. En fait, il était le seul à pouvoir l'approcher. Dans les revues, les officiers procédaient souvent à l'inspection un crayon dans la main. Ils l'utilisaient à la manière d'un chef d'orchestre tenant délicatement la baguette du bout des doigts. Avec l'ustensile, l'officier soulevait le poil de la bête, qui hennissait de temps à autre, sans doute pour montrer sa désapprobation. Cette technique permettait de savoir si le propriétaire lavait régulièrement ou non l'animal qui lui était confié. Si le crayon passé à rebrousse-poil dégageait de la poussière, le type était certain de s'attirer des ennuis. Ruhnau, lui, n'avait pas encore été de la revue car l'avertissement qu'il adressait à l'officier qui se présentait devant lui était suffisamment clair et inquiétant à la fois pour ôter à l'intéressé toute envie d'atteindre son objectif. Réflexion faite, mieux valait faire l'impasse sur une bête que de recevoir un sabot dans le nez qui risquerait fort, et devant toute une troupe, d'envoyer le bonhomme... et de déclencher un fou rire général !

Huit jours après son arrivée sur les bords du Rhin, la section devait plier bagages. Schlaëgel avait reçu l'ordre de rassembler ses troupes pour se rapprocher de la frontière hollandaise. C'est là que les premiers combats devaient avoir lieu avant une percée plus à l'Ouest. Contre toute attente, ce voyage qui emmena la batterie en Westphalie s'effectua dans des conditions épouvantables. On était encore loin des grands froids sibériens mais les conditions météo étaient dures pour des types jeunes qui n'avaient pas réellement l'impression d'être en guerre. Depuis Hamminkeln, la section avait dû parcourir les soixante-quinze kilomètres qui la séparaient de la frontière. Le trajet avait eu lieu à pied, de nuit, par moins 15° C. Le sol était recouvert d'une épaisse couche de glace. Ce premier grand froid avait surpris tout le monde, les chefs en particulier qui étaient loin de penser qu'ils auraient à faire la route avec une escorte de chevaux chargés comme des baudets. Ces derniers qui tiraient de lourdes charrettes de matériel (obus, munitions en tous genres, pièces de rechanges...) passaient le plus clair de leur temps à glisser puis à taper les arbres qui bordaient la chaussée. Le bon sens aurait voulu que les troupes attendent un peu avant de partir mais c'était ainsi. Personne n'avait à discuter les ordres. De toute façon, même s'il y avait eu erreur sur la démarche à suivre, le mal était déjà fait. Les hommes avaient largement eu le temps de se tordre les reins et de se glacer les os. Les gerçures étaient nombreuses et les muscles et les corps étaient moulus par les chutes, les heures de marche et le froid qu'il avait fait durant toute la nuit. Stationnés sur les bords du Rhin, les officiers prirent enfin la décision de maintenir au repos l'ensemble de l'unité.

La pause profitait aux hommes et aux montures qu'il était nécessaire de préserver. Si Hitler s'était enorgueilli de faire ici une guerre moderne — premiers blindés chenillés, chars, artillerie lourde, etc. —, le cheval allait être dans la stratégie militaire allemande une composante majeure.

Ce déplacement nocturne n'était pas le fruit du hasard. Il était destiné à ne pas éveiller l'attention de la population environnante. Des gens mal intentionnés auraient pu être tentés de vendre des informations à l'ennemi contre des bricoles. Il fallait se rendre à l'évidence : si l'offensive en Pologne n'avait été qu'un petit exercice de routine, l'Allemagne se préparait maintenant réellement à la guerre. Cela n'était plus qu'une question d'heures avant que l'on entende les premiers coups de canon. Depuis leur arrivée à la frontière hollandaise, pourtant, les troupes n'avaient pas fait pas grand-chose, comme si la guerre d'Hitler n'était qu'un simple jeu d'échecs qui consistait à poser des pièces ici et là. Dans les rangs de la section, les hommes trouvaient le temps long. S'ils étaient venus jusqu'ici, c'était tout de même pour se battre. Alors pourquoi ne pas commencer rapidement. En fait, les concentrations de troupes dans cette région avaient pour objet de mettre des hommes en réserve, prêts à intervenir en cas de besoin urgent.

C'est durant cette période que Ruhnau prit officiellement sa place d'opérateur radio. Pour lui, comme pour ses collègues, la condition requise pour ce genre de travail était d'avoir une bonne oreille. Il s'agissait donc, et pour diriger les tirs d'une batterie et pour qu'un commandant puisse signaler sa position, de savoir décrypter les messages envoyés par l'infanterie. L'armée n'avait pas de soucis à se faire. Le jeune soldat répondait pleinement aux critères demandés. Durant quatre ans, monsieur le curé de Podlechen lui avait enseigné le violon pendant que ses parents l'initiaient au piano. Il ne lui restait plus qu'à apprendre et maîtriser le morse (A : .-/ B : -.../ C : .-.) puis de taper ses connaissances sur la plaquette reliée à l'appareil. Pendant la guerre, avant même d'envoyer ou de recevoir un message, Ruhnau aurait à décliner son identité au moyen d'un code qui changerait tous les jours.

À Hamminkeln, les cours de radio duraient de trois à quatre heures par jour en dehors des manœuvres. L'officier-enseignant avait chaque jour un groupe différent et, somme toute, les choses se présentaient bien pour lui. En quelques jours, il avait ingurgité la presque totalité de l'alphabet et il était capable désormais de taper quatre-vingts lettres à la minute.

Il y avait la théorie, il y avait aussi la pratique. La dernière partie de l'instruction consistait à savoir utiliser son appareil en fonction de la nature des terrains où l'on se trouverait. Pour cela, tout reposait sur les deux antennes dont disposait le soldat. L'une était directionnelle — petite antenne courte —, l'autre tubulaire et pouvant atteindre deux ou trois mètres de hauteur. On savait par exemple qu'une installation en bordure de bois ou à proximité d'un bâtiment n'était pas très bonne pour le libre passage des ondes jusqu'au récepteur. Enfin, pour ce qui était de l'engin lui-même — une quinzaine de kilos répartis sur quarante centimètres tout en hauteur —, il était constitué de deux parties. Une partie émetteur-récepteur. Une autre composée d'accessoires : batteries, antennes, pièces de rechange et écouteurs. Le tout relié par quelques fils. Les « radios » se déplaçaient toujours par deux et portaient leur matériel sur leur dos. Sur le terrain, le transport de la radio ne facilitait guère le déplacement. L'engin s'ajoutait au matériel commun à tous les soldats : le fusil, le masque à gaz, le casque, la baïonnette, le sac de transport, pour ceux qui en avaient, les munitions (grenades, etc.) Lorsqu'il fallait courir, l'appareil tapait dans le cou, dans le bas du crâne ou sur les omoplates.

La stratégie d'Hitler, dans son offensive vers l'ouest, était d'abord de frapper la Hollande, la Belgique puis la France par le flanc nord. Elle permettait ainsi l'ouverture d'un front et obligeait l'adversaire à dégarnir ses troupes situées plus au sud. Ne restait plus aux blindés qu'à s'engouffrer dans la brèche ouverte plus bas. Un plan extrêmement classique mais qui, bien avant Hitler, avait prouvé son efficacité. Le 10 mai 40, les armées allemandes pénètrent au nord dans les Pays-Bas et en Belgique. Elles enfoncent Namur, Dinant, Sedan. L'avance est irrésistible. En quinze jours, Hitler met en déroute la défense française. Et pourtant, le général français Bruneau avait de quoi tenir tête aux Panzers : ses deux cents chars, ses sept mille soldats d'élite pouvaient le suivre à tout moment. Quand bien même serait-il parvenu à joindre son supérieur — avant de prendre une décision —, il n'aurait guère été avancé : on ignorait l'emplacement des citernes d'alimentation des tanks ! Face à la débandade, Hitler n'avait plus qu'à choisir un plan de marche. Les troupes allemandes s'apprêtaient à entrer en Belgique puis en France.

Alfons Ruhnau rentra chez lui. Après trois semaines de permission, il revint à Wesel. La gendarmerie militaire l'accueillit et lui commanda de rejoindre son unité basée à Scheveningen en Hollande. Depuis son départ pour Podlechen, l'Allemand n'avait pas « raté » grand-chose.

L'incursion de la section en Hollande ne fut qu'un « petit exercice de routine ». Deux hommes seulement avaient été blessés et quatre-vingts chevaux que l'on avait placés dans un enclos entouré de murs avaient péri durant l'attaque. Un obus leur était tombé dessus ! Après l'offensive, on les avait remplacés par d'autres chevaux pris sur ce qu'il restait de l'armée hollandaise.

Craignant un débarquement des troupes anglaises, les Allemands avaient disposé leur artillerie sur la côte. L'unité resta ainsi huit jours, planquée dans les sables comme « garde-côte », avant d'être finalement dirigée vers la France.

En traversant la campagne belge, en passant Namur et Amiens, le soldat prussien pensait qu'il n'avait encore tiré aucune balle depuis le début de la guerre. Il avait vu des ruines, des débris de véhicules, quelques chars, mais rien de la guerre. En tout cas, pas de la manière dont il l'avait imaginée. La seule fois où il avait aperçu quelque chose, c'était dans les Ardennes, deux jours auparavant. Un avion avait lâché une bombe puis avait disparu dans les airs.

L'arrivée jusqu'aux portes de Paris était épuisante. Il faisait chaud, très chaud. Pour se rafraîchir le corps, avec quelques copains pendant une pause casse-croûte, Ruhnau posa ses fesses dans le lit d'un cours d'eau. Depuis la Hollande, les troupes n'avaient cessé d'avancer à pied et à cheval. Soixante-dix kilomètres par jour. Les soldats qui comptaient des heures de selle avaient les derrières en compote. Pour une raison inconnue, les 10, 11 et 12e batteries ne stationneraient pas sur le flanc Est de Paris mais se positionneraient à hauteur d'Houdan entre Dreux et Versailles. C'est là qu'elles camperaient en attendant les ordres. C'est là aussi que les batteries tireraient trois coups de canon. Histoire de marquer la victoire. Côté organisation, chaque

La maison natale des Ruhnau à Podlechen, en Prusse orientale. Alfons y vécut toute son enfance.

Les chevaux de trait à Podlechen, dans les champs de la ferme familiale. Mieux que personne, Alfons savait s'occuper des chevaux.

soir vers 19 heures, des hommes se chargeaient de parquer les chevaux là où ils pouvaient le faire. On laissait les animaux dans la verte et on les faisait garder par quelques plantons en armes. La nuit consommée, il arrivait fréquemment que les types soient obligés de courir après leur monture. Les chevaux ne supportaient plus de se voir poser une main sur le flanc... Hormis ce joli château du côté de Compiègne occupé par une servante et plus de soixante soldats en armes (où Ruhnau dormit dans un vrai lit avec les hommes de l'État-Major), la section passait la nuit sous les étoiles. Les soldats s'improvisaient des couchettes. Une couverture, une toile cirée au pied d'un arbre ou d'un bosquet faisaient l'affaire. Depuis leur entrée en France, les hommes de la section discutaient souvent, entre eux, de leurs copines laissées en Allemagne, de leurs enfants, mais aussi de la guerre. Et l'on se disait que l'ennemi avait offert bien peu de résistance. L'Angleterre avait déclaré la guerre à l'Allemagne mais la rumeur commençait maintenant à courir qu'un embarquement des troupes se préparait outre-Manche. Goering avait proposé à Hitler d'attaquer le pays en utilisant son aviation.

CHAPITRE II

Un seul mot d'ordre : continuer...

En juillet 1940, dans l'euphorie d'une victoire sans partage, les soldats jubilaient. Ils allaient pouvoir rentrer chez eux. Histoire de fêter la victoire, Alfons avait lui aussi tiré quelques balles en l'air. Il allait pouvoir regagner sa maison — « pour de bon », pensait-il. Dans le très long convoi qui, au départ de la gare de Dreux, s'apprêtait à quitter la France, on entassait un bon millier de soldats, leurs chevaux et les gros canons de 150 mm qui n'avaient presque pas servi sur le front. Direction l'Allemagne, la Poméranie. Les soldats étaient crevés. Mais l'enthousiasme de regagner son chez soi après de longues semaines passées sur le terrain prenait largement le pas sur les fatigues et les quelques blessures. La Pologne, le Danemark, la Belgique, la France. Les pays attaqués voyaient repasser les « héros du IIIe Reich » dans le sens inverse. Dans le train qui transportait les soldats de la Wehrmacht, les couloirs s'emplissaient des chants des soldats allemands. Les chants de la victoire résonnaient : « Westerwald... », « Argonawald... », « Heidi, Heido, Heida...! » Pour eux, pour eux seulement, les premières heures de paix venaient de sonner. Qu'il était bon de s'allonger, même sur la paille, dans des wagons à bestiaux pour dormir. Soldats de troupes, gradés et officiers s'employaient à chanter autant qu'à boire. Après deux jours de trajet, le convoi s'arrêta à Kalisz, petite ville de trois mille habitants. En attendant les ordres, pour les soldats qui seraient logés sur le terrain, chez l'habitant ou dans les fermes environnantes, on organisa très vite une fête à la hauteur des exploits enregistrés à l'ouest. On avait imaginé toutes sortes de jeux, courses de chevaux, courses d'obstacles. Le tout copieusement arrosé. Le premier soir, les officiers avaient décidé que chaque homme de troupe pouvait percevoir la quantité de boisson qu'il souhaitait. Après un défilé clownesque au milieu des habitants, une charrette passait entre les gars pour vider les fûts de vin fauchés aux pays occupés. Il y en avait de toutes les régions. L'alcool fut apprécié et le climat s'en ressentit d'ailleurs très nettement...

Avec d'autres unités, la section d'artillerie devait ainsi passer près d'une année à Kalisz. Mais que pouvaient donc bien faire quelques milliers de soldats stationnés autant de temps dans une ville si petite ? Les premières semaines, les hommes nettoyèrent leur matériel — fusils, canons — de manière à le maintenir en état de marche. Il fallait également retoucher les vêtements abîmés, voire les changer quand ils ne valaient plus rien. Comme à Hamminkeln, les troupes furent utilisées à aider la population locale. La récolte des céréales par exemple était un gros boulot. On ramassait les gerbes qu'une charrette transportait ensuite jusqu'à la ferme. Il y avait aussi des exercices de temps à autre, histoire d'entretenir les acquis. Exercices de tirs, missions radio, etc. Le soir, après les missions d'entraînement ou les jours de repos, les soldats claquaient leur argent au bistrot ou dans des cinémas de la ville. Chaque homme recevait un petit pécule versé par l'armée. La solde n'était pas lourde, mais elle permettait au moins d'assurer quelques arrières. Depuis qu'il était au front, Alfons touchait la moitié de sa solde. Le reste partait sur un compte en banque. Un peu plus tard, lorsque les premières neiges arrivèrent, on s'amusa à faire des courses de traîneaux attelés par des chevaux. Le clou de la distraction était d'accrocher plusieurs traîneaux l'un derrière l'autre et d'emmener, mélangés à des soldats, une dizaine de filles à plein galop à travers les champs en prenant les virages les plus serrés possibles pour tenter de faire basculer le bouillonnant convoi !

Au mois de mars 1941, la section qui, comme les autres durant l'offensive vers l'ouest, avait utilisé des canons ayant servi à la guerre de 14, recevait de nouvelles pièces. Plus grosses, plus performantes aussi. Si ces nouvelles pièces d'artillerie étaient nettement plus efficaces que les précédentes, leur lourdeur présentait d'évidentes difficultés de manipulation. Le fût posé sur le plateau arrière d'une charrette devait être glissé lentement sur le châssis situé, lui, à l'arrière, jusqu'à un mécanisme qui assemblait ensuite les deux parties du canon. Ils devaient être tirés non plus par six mais par douze chevaux. Pour se familiariser avec la technique du nouveau matériel, les soldats faisaient plusieurs heures par jour des exercices de montage-démontage. Pendant ce temps, loin de ces manipulations, Ruhnau partit à Küstrin effectuer un stage de perfectionnement radio. Depuis qu'il était soldat, son engin n'avait pas servi et l'homme n'était pas rompu aux pratiques de terrain.

Depuis son retour au pays, il n'avait pas encore revu les siens. Les hommes mariés, les pères de famille étaient prioritaires sur les célibataires jusqu'au départ des premières batteries. Dès la troisième semaine de juillet 1940, Hitler commanda à ses généraux d'organiser les premiers transferts à l'Est de plusieurs divisions allemandes. Dans les rangs, bien malins ceux qui pouvaient dire pourquoi.

Lorsque, au mois de décembre 1940, les grandes manœuvres reprirent, le jeune Prussien se trouvait en territoire polonais, à la limite de la frontière soviétique. Ordre fut donné à plusieurs patrouilles de partir en observation. Mais observer quoi ? Observer qui ? Depuis quelques jours, les hommes commençaient à trouver le temps long. Les officiers, eux, passaient le plus clair de leur temps à tirer sur des clopes, à faire cirer leurs bottes, à signer des papiers de permission et, quand la journée n'était pas achevée, à donner quelques ordres. Le quotidien. L'armée quoi. L'armée lorsqu'elle ne sert à rien. L'armée lorsqu'on se joue d'elle. Bref, après l'euphorie du retour, on espérait regagner rapidement ses pénates car, depuis la percée à l'ouest vers la fin de l'automne, les batteries étaient demeurées stationnées à Kalisz. Qu'allaient donc décider les chefs ? Quel serait le prochain plan du Führer ? Même lorsque l'on est allemand, que l'on se sait nécessaire au pays, que l'on est « invincible et courageux », on finit bien un jour ou l'autre par se sentir usé par le pouvoir et par le temps. Avec la reprise des manœuvres et les conciliabules privés des officiers sous les tentes, Ruhnau avait senti le vent venir. Dans une lettre envoyée à sa mère, il avait expliqué qu'il ne rentrerait pas avant longtemps à Podlechen : « Chère maman, je repars bientôt, mais cette fois-ci, on s'en va ailleurs ; ne comptez pas me revoir tout de suite ; pensez à nous ; je vous aime. Alfons ». Il ne dira rien de plus, il ne pourra pas. Cela n'avait pas d'importance. L'essentiel avait été de griffonner quelques mots sur un bout de papier pour donner de ses nouvelles.

Le lendemain, après une nouvelle patrouille à la frontière, Schlaëgel apportait aux gars l'explication de toutes ces manœuvres : le communisme restait un grand danger pour l'Europe tout entière. Le moment était venu d'attaquer la Russie. La confirmation officielle, c'est Goebbels, le ministre de la propagande du Reich, qui par la voix d'Hitler l'apportera quelques heures plus tard en s'adressant sur les ondes. C'était un dimanche matin, le 22 juin 1941 à 5 heures 30 :

« J'ai décidé de remettre le destin de notre peuple et de l'Europe entre les mains de nos soldats... »

En prononçant cette phrase dans un studio de Berlin, aux côtés d'une douzaine d'officiers en tenue, Goebbels venait de donner le coup de grâce à une partie de l'armée allemande qui en avait ras le bol de cette guerre qui n'en finissait plus. On leur avait dit que cette guerre ne durerait que quelques semaines. Cela faisait deux ans qu'elle durait. Cette fois, aucun doute n'était plus permis. Le combat allait reprendre et, là, bien présomptueux celui qui pourrait dire si tout le monde allait revenir vivant ou non.

En fait, depuis déjà plusieurs jours, les soldats se doutaient qu'une attaque se tramait. Il y avait pas mal de mouvement dans la région, mais on ne voulait pas y croire, voilà tout. Guderian était devant Brest-Litovsk avec son groupement blindé. Le commandant de corps d'armée Von Manstein était dans la région également. Il logeait chez un ami en Prusse orientale et les concentrations de troupes devant la frontière se faisaient plus importantes d'heure en heure. On a vu des types attendre quatre jours et quatre nuits dans des chars et des camions avant que les premiers messages officiels tombent. Pendant ce temps, d'autres achevaient leur marche d'approche vers la frontière. Ils avaient reçu trente cigarettes par tête de pipe et une bouteille de schnaps pour quatre, histoire de requinquer les troupes. Ces « largesses » du commandement suprême n'étaient pas le fruit du hasard. Hitler avait demandé aux commandants d'armée de mettre aux paniers leurs conceptions chevaleresques et périmées d'antan. Cette « lutte d'idéologies et de races » déboucherait sur une dureté sans précédent.

Alors qu'à l'ouest, les officiers attendaient sagement le feu vert, en face, les Russes continuaient de vivre, impassibles, sans se douter de quoi que ce soit. Dans la vieille citadelle de Brest-Litovsk, des soldats faisaient un exercice de défilé. Sur les rails, les trains continuaient de livrer à l'Allemagne leurs cargaisons de pétrole, de bois et de coton. Cette nuit-là, d'ailleurs, un train de blé s'arrêta à la frontière. Pour prévenir la douane de son arrivée, il avait sifflé plusieurs fois en passant sur un pont. Les formalités remplies, les douaniers le laissèrent filer puis le chauffeur de la locomotive reprit sa route vers l'ouest. Il devait être aux environs de deux heures du matin. Ce train qui venait de pénétrer en territoire allemand n'allait pas être le dernier à passer dans le secteur. Preuve que l'effet de surprise était total. Un peu plus d'une heure plus tard, vers 3 heures 15, l'artillerie ouvrait le feu. Les troupes commençaient à marcher. Le combat débutait face à des Russes pris de court.

Pourtant, le pacte de non-agression signé en 1939 entre Hitler et la Russie aurait dû mettre les deux camps à l'abri d'une agression. Mais depuis qu'Hitler avait pris les rênes du pays, personne, non, personne n'était plus à l'abri de rien! Il aurait fallu s'en rendre compte avant. À présent, il était trop tard. Hitler était au pouvoir et sa soif de conquête loin d'être étanchée. Quant à Staline, et même si le plan Barbarossa lui avait été communiqué par les services secrets américains, il ne croyait pas une seconde à une guerre ouverte avec l'Allemagne. Quant au Führer, il pensait qu'une victoire rapide en Russie rendrait caduc le pacte passé avec Staline. Mais il savait surtout que depuis les purges de 1937, les Russes étaient totalement désorganisés. L'armée ne comptait plus que vingt-huit généraux contre quatre-vingt-cinq avant les purges ! Face à une telle armée, Hitler pensait qu'il avait très nettement l'avantage et que la résistance, si résistance il y avait, pouvait être « boulée » comme un cochonnet.

Sur le papier, c'est vrai, la supériorité allemande était indiscutable. Depuis l'entrée en guerre du pays en septembre 39, les effectifs de l'armée allemande étaient passés de moins de quatre à cinq millions d'hommes. En s'emparant notamment des réserves de pétrole de la France, Hitler avait de quoi alimenter ses véhicules quelque temps. Par ailleurs, depuis quatre ans, la production annuelle d'acier et donc de matériel de guerre avait doublé. Avec l'attaque surprise et une énorme volonté de vaincre, Hitler avait de bonnes raisons de croire en la réussite de son plan. Dans son entourage, tout le monde ou presque contestait l'opération russe. La plupart des généraux voulaient d'abord en finir avec l'Angleterre avant de se lancer vers l'est. Weizsäcker, le secrétaire d'État et bras droit du Führer était du camp des « contre » lui aussi. Cette folie de s'en prendre à la Russie allait être plus tard violemment condamnée par Molotov qui rappelait la défaite de Napoléon en 1812. Sur le terrain, maintenant, les rumeurs les plus grotesques circulaient. On racontait que les Russes avaient vendu l'Ukraine à Hitler et que ces mouvements de troupes correspondaient à la prise de possession du terrain par les Allemands. Enfin, on le disait sans trop y croire. D'ailleurs, si les Russes n'avaient rien à craindre, pourquoi débouler, chez eux, à 3 heures du matin ?

Les doutes passés, cette offensive à l'est terrorisait une partie des soldats, car s'il y avait une chose que l'on redoutait bien ici, c'était l'immensité du territoire soviétique. Un pays gigantesque avec ses vingt-deux millions de kilomètres carrés, ses hivers redoutables ; ses moins 40, moins 50° C à certains endroits. Même l'armée allemande, considérée pourtant comme infaillible, ne disposait pas d'équipements adéquats pour affronter de telles conditions climatiques. Dans les rangs, on pensait à ce qui allait se passer une fois de plus : les combats, les angoisses, le froid, la fatigue et puis... les morts sur lesquels on n'avait cessé de marcher depuis que le pays était en guerre avec tout le monde. À l'évidence, Hitler était ragaillardi par ses succès à l'ouest. Une partie des troupes l'était aussi, bien sûr, mais pas autant que les chefs. Même après deux années de guerre, même après les succès récemment obtenus, même si les soldats savaient qu'ils appartenaient à la meilleure armée du monde parce qu'on ne cessait de le leur dire, au fur et à mesure que les mois passaient et que l'on se rapprochait de l'attaque, beaucoup étaient inquiets. Certains parlaient de déserter les rangs de l'armée. Et pourtant, un seul mot d'ordre : il fallait continuer...

Ce 22 juin 1941, la Luftwaffe exploitant à fond les avantages de la guerre surprise avait pu détruire plus d'un millier d'avions soviétiques au sol ou en l'air pendant que les hommes occupaient le terrain. Depuis l'aube, les 10, 11 et 12ᵉ batteries avaient progressé de plusieurs dizaines de kilomètres au sud-est de Brest-Litovsk. Aux côtés d'un officier, jumelles en main, et de son acolyte radio en liaison permanente avec l'infanterie, Ruhnau se trouvait comme observateur à un poste avancé. Il s'agissait de régler les tirs d'artillerie pour dégager les points de résistance que l'on devinait. Il y avait des Russes. Il y avait aussi des résistants polonais qui se planquaient dans la végétation pour tirer au hasard d'un passage ennemi. Dans l'après-midi du 22, justement, à la sortie d'un village, un officier Allemand de la 11e fut abattu par un tireur isolé. Répondant aux ordres du Führer, on décida de ne pas quitter le secteur avant d'avoir mis le feu au village. Tout homme qui sortait dans la rue était aussitôt abattu. Vers 17 heures, alors que la Wehrmacht avait encore progressé de quarante-cinq kilomètres à l'intérieur du territoire soviétique, Alfons Ruhnau et son camarade radio qui avaient reçu l'ordre d'informer leurs arrières de l'état de la résistance russe située à environ un kilomètre de l'unité, se trouvèrent soudainement pris sous le feu des tirs ennemis. Sans l'arrivée rapide des troupes restées derrière, il était impossible aux deux hommes de progresser. Or ils venaient de perdre la liaison radio avec la section et ne savaient plus où se trouvait leur unité. La seule carte à jouer était de contourner l'obstacle et avec un peu de chance, de récupérer la section plus tard. Pendant que la 11e avançait, Ruhnau et son camarade se retrouvèrent empêtrés dans plusieurs hectares de blé. Si les tiges, qui mesuraient un bon mètre vingt de hauteur, camouflaient en partie leur progression lorsqu'ils rampaient, elles les empêchaient en revanche de se déplacer rapidement. De toute façon, s'ils parvenaient à sortir de cette zone de ralentissement, ils ne pourraient plus rattraper l'unité avant la tombée de la nuit. Percevant autour de lui les fumées, les avions, les tirs, le bruit des canons qui s'éloignaient vers l'est et regardant cet immense champ qui les avait tous deux emprisonnés, Ruhnau pensait déjà à la retraite. Mais les deux soldats savaient aussi qu'un retour en arrière constituait un énorme risque : celui de se retrouver face à l'inconnu. À l'est, au contraire, le combat les attendait et dans quelque conflit que ce soit, mieux vaut toujours se trouver du côté de l'attaquant. Pour l'instant, le succès se trouvait bien dans les rangs de l'agresseur. Le lendemain, en fin de journée, après des heures de marche éreintante, grâce au bruit des bombes, des mitrailleuses et des fusées éclairantes et grâce à leur radio, les deux hommes purent regagner les rangs. Un miracle. Ces premières heures en territoire russe avaient bien mal commencé et les combats étaient loin, très loin d'être terminés.

Pour une Allemagne en guerre avec nombre de pays, les effectifs engagés en Russie étaient considérables. En juin 1941, Hitler avait déployé trois millions et demi d'hommes en territoire russe, trois mille trois cents chars, près de deux mille avions de bombardement et avions de chasse. Des Messerschmitt pour la plupart. Face à des Russes qui n'avaient pas encore eu le temps de s'organiser, les succès étaient très vite à la hauteur des espérances de l'État-Major allemand : Smolensk, Viazma au nord-est, Kiev au sud. Les villes tombaient une à une. Les semaines qui suivirent consacraient une avance irrésistible des troupes allemandes. Le 26 septembre 1941, Hitler avait conquis l'Ukraine. En octobre, la Wehrmacht était devant Moscou.

Au mois de juin 1942, sous les ordres de Von Manstein, la XIe armée se lançait dans une nouvelle offensive, cette fois nettement plus au sud. Il s'agissait de la Crimée, l'une des zones les plus riches de cette partie de l'U.R.S.S. La seule route qui permettait aux troupes de descendre en

Crimée était, au nord, l'isthme de Perekop. Un passage coincé entre la mer d'Azov et la mer Noire. Dans ce couloir étroit — quelques kilomètres seulement — les contrastes étaient souvent saisissants. L'isthme presque totalement entouré d'eau voyait parfois ses marais, ses lacs miniatures, se soulever violemment sous l'effet d'un coup de vent. Cela aurait pu ressembler aux séismes des mers du sud. Cette géographie disparate — terrains plats et secs, marécages, lacs — risquait à coup sûr de ralentir la progression des troupes. Mais l'obstacle qui se présentait à eux était chose plus dangereuse encore. Les Russes pouvaient très bien avoir installé des pièces d'artillerie sur des bateaux en position de part et d'autre du goulet avec des hommes de l'infanterie de marine prêts à intervenir à tout moment. C'était un risque à prendre. On savait en effet que la flotte soviétique stationnée dans cette zone de la mer Noire était encore intacte. Un débarquement n'était pas inenvisageable. Pour cette raison, à la première offensive ratée sur Sébastopol, on décida d'envoyer une partie des hommes vers Perekop chargés de prêter main-forte aux troupes qui descendaient du nord. Si les premiers kilomètres s'effectuèrent sans trop de difficultés, la Wehrmacht se retrouva plus tard face à un énorme pépin. Le genre d'obstacle que personne n'attend, impossible à éviter, impossible à déplacer. La Crimée ayant été maintes fois attaquée, une immense butte de terre d'une vingtaine de mètres de hauteur avait été construite plus au sud, en travers de l'isthme entre deux étendues d'eau de manière à empêcher d'éventuelles intrusions à cet endroit en tout cas. Les Soviétiques en avaient profité pour réaliser des travaux titanesques renforçant ainsi cette barrière de terre. Au pied de la butte de plusieurs centaines de mètres de longueur, ils avaient creusé un très large fossé d'environ cinq mètres de profondeur. Avant de penser à s'attaquer à la butte, la question était de savoir s'il n'existait pas un passage ailleurs. Les officiers se rendirent très vite compte qu'il valait mieux éviter de ralentir ou de stopper l'avancée des soldats car ils ne connaissaient pas la région. Leurs cartes étaient imprécises et il n'était pas question de s'aventurer ailleurs. Il n'était pas exclu que l'adversaire ait utilisé la technique du piège à renard : on progresse, le chemin rétrécit et lorsque l'on a compris qu'il s'agit d'un traquenard, on tente de reculer mais il est déjà trop tard. Des observateurs envoyés rapidement sur zone avaient découvert un goulet à l'est. Mais, rebrousser chemin pour descendre avec une armée de chars et de fantassins était impensable. Comment franchir cette muraille de terre ? En attendant qu'une décision fût prise, l'angoisse grandissait car l'endroit où stationnait la Wehrmacht rendait les hommes parfaitement vulnérables : la plaine s'étendait ici sur des dizaines d'hectares et une attaque aérienne était toujours possible. Les ordres ne venant pas, les chars, les blindés, l'artillerie lourde restèrent ainsi plusieurs heures en position d'attente. On réfléchissait. La butte qui se présentait devant les troupes présentait deux énormes difficultés. Si les chars pouvaient grimper la butte, en revanche, ils ne pouvaient pas descendre dans la fosse qui la précédait en raison de sa profondeur. Les fantassins avaient peut-être la possibilité d'ouvrir une brèche en faisant sauter des explosifs, mais le temps jouait contre eux. Et le temps était un élément majeur dans cette guerre. Mieux valait le maîtriser que se laisser dépasser. Cette opération que l'on avait imaginée un moment aurait nécessité au moins deux jours de travail et l'on ne pouvait se permettre ce luxe d'attendre que des artificiers dégagent le terrain. Bien sûr, on ignorait si l'endroit était ou non miné. On ignorait également si les Russes avaient préparé de l'autre côté un comité d'accueil. La Luftwaffe n'ayant pas effectué de missions d'observations préalables, on commençait à entrevoir la possibilité d'une attaque de l'autre côté de la butte. Toutes les thèses étaient soutenables. Tous les scénarios étaient plausibles. Les officiers qui réfléchissaient avaient aussi suspecté les Soviétiques de s'être inspirés de la Bible. L'épisode des troupes égyptiennes noyées dans la mer Rouge! Un délire peut-être, mais pourquoi pas? En attendant, les troupes étaient coincées. Contraintes de compter sur la chance et sur les forces en présence. Contraintes d'envoyer des fantassins au casse-pipe pour dégager la piste. Le risque était considérable, mais il fallait y aller. Les officiers savaient qu'en cas d'échec, c'était la Crimée que l'on perdait ainsi qu'une partie essentielle de la guerre au sud. La peur au ventre, on décida de forcer le passage et aussi le destin. L'attaque aurait lieu de nuit. La stratégie mise au point prenait largement en compte la puissance de feu des chars. Les officiers pensaient qu'en faisant tirer de concert la cinquantaine de chars qui se trouvaient là, appuyés par les canons des véhicules blindés, il y avait une possibilité de faire disparaître l'ennemi éventuel et de couvrir en même temps les groupes d'infanterie qui auraient à sauter dans la douve avant de grimper sur la butte pour occuper la place. Les obus leur passeraient au-dessus de la tête...

«Attention les gars, c'est pour nous...!»

Il était 1 heure 30 du matin. On entendit le sifflement aigu d'un projectile, puis une explosion violente trente mètres seulement derrière les chars allemands. Les Soviétiques venaient d'ouvrir le feu. Malgré la nuit, avec le tir nourri de la défense, le haut de la butte s'illumina tout à coup comme éclairé en plein jour. On ne s'interrogea pas des heures avant de comprendre que l'endroit était infesté de mitrailleuses. L'ennemi tirait de longues rafales, rechargeait, puis renouvelait les tirs. Prendre la place dans ces conditions relevait de l'exploit ou du suicide. Mais il ne fallait pas laisser aux Russes le temps d'installer des pièces lourdes au sommet. Il fallait foncer. D'autant plus foncer que les troupes du sud tardaient à venir. Quelques minutes après les tirs ennemis, les canons de la Wehrmacht ripostèrent. Les obus pétaient dans tous les sens. Le bruit était infernal. En attendant le « nettoyage » de l'infanterie et avant d'atteindre le haut de la butte, Alfons Ruhnau s'était lancé dans la douve avec son copain radio, l'émetteur-récepteur plaqué contre lui sous son ventre, en attendant une accalmie sur le front des tirs. Finalement, les quelques mitrailleuses placées sur le flanc nord de la butte ne résistèrent pas longtemps aux canons allemands. Le soldat et son radio atteignirent donc les anciennes positions russes.

Une fois sur la crête, l'ennemi repoussé après deux heures de combat, un second obstacle attendait la Wehrmacht : de l'autre côté, sur la plaine, les Soviétiques avaient aligné chars et pièces d'artillerie. Leurs canons étaient dirigés vers le nord. Le dispositif était impressionnant. Mais il comportait sans doute une faille. Les Russes n'avaient pas prévu que l'ennemi, en prenant possession du terrain, pourrait faire rouler grenades et mines anti-chars et balaierait ainsi le gros des chars disposés à l'aplomb de la muraille. Côté nord, le terrain étant complètement libéré, les fantassins étaient parvenus à tirer, au sommet, quantités de canons antichars. Au petit jour, face à la puissance de feu des troupes allemandes, appuyées par celles venues du sud et qui jouaient l'encerclement, la résistance soviétique ne dura pas. Une dizaine de Stucka achevèrent de faire disparaître l'adversaire. Le Génie ouvrait une brèche plus à l'est dans cette montagne de terre. Les chars pouvaient s'engouffrer vers le sud.

La percée réalisée, les 10, 11 et 12ᵉ batteries d'artillerie s'étaient positionnées à mi-chemin entre Simferopol et Sébastopol, dans un petit village non loin de Bachcysaraj. Sans pouvoir parler de grandes vacances parce qu'on ne dormait pas à l'hôtel mais dans des blockhaus faits de terre, le calendrier des « festivités » était appréciable : quinze jours d'alerte, quinze jours de repos. Alfons Ruhnau profitait du temps libre qui lui était offert pour se rendre à Simferopol, capitale de la Crimée et siège de l'État-Major. Non seulement parce que l'on y mangeait bien, mais parce que les distractions y étaient nombreuses et fréquentes. Entre deux ou trois virées de bistrots, les soldats improvisaient souvent des pièces de théâtre auxquelles participait la population locale. Les spectateurs étaient assidus aux représentations, et il n'était pas rare que les mêmes types deviennent ensuite les invités privilégiés des familles aux baptêmes de leurs enfants ou au mariage de l'un des leurs. Ce qui explique sans doute les problèmes rencontrés par ces Russes de Crimée après la guerre. On estima qu'ils avaient un peu trop joué la collaboration avec l'ennemi... Pendant ce temps, des milliers d'Ukrainiens étaient envoyés de force vers l'ouest dans des usines d'armement allemand. On les parquait dans des wagons à bestiaux sur lesquels on avait écrit : « Volontaires d'Ukraine ».

Voilà six mois que les gars de la section étaient en Crimée. Contrairement à Kalisz où la majeure partie des temps morts était utilisée à aider la population locale, on ne faisait pas grand-chose ici de ses dix doigts. L'alerte était toujours prête à être sonnée, certes, mais entre deux alertes, on se contentait d'astiquer les armes, de faire un peu de lessive, d'écrire. C'était à peu près tout. Puis il fallait trouver de quoi se nourrir correctement. C'était d'ailleurs bien là tout le problème. Les jours de vaches grasses, l'homme se remontait à coups de schnaps et d'assiettes garnies. Mais, malgré la bonne volonté des cuistots, les repas devenaient de plus en plus maigres. Plusieurs semaines après l'arrivée des Allemands en Crimée, des troupes russes qui stationnaient encore dans le nord-est du pays avaient coupé la route des vivres. Le ravitaillement bloqué depuis quinze jours, la Wehrmacht commençait à se serrer la ceinture. On mangeait des nouilles... et à toutes les sauces. Il y avait neuf façons de les préparer ! Les cuistots qui, par la force des choses, ne devaient pas manquer d'imagination, utilisaient en masse la viande du pays et préparaient toutes sortes de ratatouilles façon Wehrmacht ! Cela donnait souvent de bonnes grosses potées militaires, épaisses et savoureuses... Elles avaient l'énorme mérite de vous en boucher un coin ! Après avoir tout ingurgité, l'homme, c'est sûr, était calé ! Mais quand il n'y avait plus de nouilles...

Pendant que les cuistots inventaient chaque jour de nouvelles recettes plus originales les unes que les autres, les hommes, eux, se creusaient les méninges en pensant aux systèmes qu'ils devaient inventer pour combler le déficit alimentaire. On débordait d'ingéniosité. Non pas que les hommes crevaient réellement de faim, mais les plats étaient toujours les mêmes et les estomacs finissaient par ne plus du tout apprécier ce qu'on leur envoyait. On n'avait quand même pas fait des milliers de kilomètres pour se taper des nouilles matin et soir ! Le hasard faisant parfois bien les choses, deux colis arrivèrent un matin au campement à l'intention du soldat prussien. Chacun des paquets devait peser aux alentours de quatre kilos. La surprise n'était pas de recevoir du courrier ou des colis. La chose était normale et courante. Seulement, le fait même que cela soit deux imposants cartons dans une période où justement, plus rien n'arrivait dans le village, était tout bonnement stupéfiant. Ruhnau et ses copains qui avaient les yeux rivés sur le colis n'étaient pas au bout de leur surprise. On arracha les cartons et l'on découvrit avec stupéfaction ce que le généreux donateur avait envoyé : gâteaux, lard, saucissons, fromage en tube, etc. On fit la fête à ces colis tombés du ciel. Au milieu de tout cela, une lettre d'Anna Ruhnau qui indiquait à son fils qu'un de ses cousins éloignés du nom de Bruno Fisher était à l'origine de l'envoi. Comme lui, Fisher traînait depuis des mois dans le secteur. Le cousin âgé d'une trentaine d'années se trouvait à Simferopol. Le miracle du hasard, car si l'essentiel des jeunes du pays se trouvait bien dans la Wehrmacht depuis le début de la guerre, le sud de la Crimée, c'était quand même le bout du monde et il y avait peu de chance de retrouver un de ses cousins à portée de fusil !... D'après la lettre, Bruno Fisher avait dirigé plusieurs exploitations en Allemagne avant que la guerre éclate. À Simferopol, il était officier chargé du ravitaillement des troupes pour une partie de la Crimée. Le commandant de la 11e, le commandant Themmer, qui ne ratait jamais une occasion d'exploiter les bons tuyaux, avait appris la nouvelle. Il avait proposé à Alfons de le conduire jusqu'au cousin. Preuve en était que l'on pouvait être commandant sans pour autant disposer de toutes les ficelles. « Il pourrait peut-être faire quelque chose pour nous », avait dit Themmer au soldat de première classe. Dans une décapotable, nos deux hommes s'étaient donc rendus vers la capitale à la recherche du cousin officier. Themmer, qui avait pris rendez-vous avec son Quartier général, était descendu de la voiture, avait amicalement tapé sur l'épaule de son subordonné en lui souhaitant bon courage pour ses recherches et avait disparu. Ruhnau s'était dirigé vers la Kommandantur, un grand bâtiment gris aux fenêtres étroites. La porte à peine franchie, il entendit une voix puissante :

«Alfons!»

Les Alfons en Prusse, c'était un peu comme les Erwann en Bretagne, on en comptait légions. Cela dit, outre le cousin Bruno qui, on le savait, ne devait pas être très loin, c'eût été un miracle de retrouver, en pleine Crimée, à trois mille kilomètres de son domicile, son copain d'école ou son voisin de paroisse...!

«Alfons, c'est toi ou c'est pas toi? reprit la voix avec insistance.

— Eh oui, c'est moi quoi!»

Alfons se retourna, un tantinet irrité par cette voix qu'il ne connaissait pas ou croyait ne pas connaître et qui insistait lourdement. À sa grande surprise, ce type qui à dix mètres de lui apparaissait l'arme à l'épaule, la main sur une rampe d'escalier, n'était autre que Joseph, un vieux copain de paroisse! C'était le Joseph qui, à Podlechen, s'occupait des vaches. Il était maintenant planton de la Kommandantur de Simferopol...

«Ben alors, qu'est-ce que tu fous ici?» lança le planton éberlué. «Tu ne sais pas que nous sommes ici plusieurs de la paroisse! Viens donc ce soir, on fera la fête!»

Le coup de l'émotion un peu passé, Alfons n'avait pas perdu de vue la mission à laquelle il s'était astreint : retrouver le cousin de l'intendance.
« Est-ce qu'il y a ici un nommé Fisher, Bruno Fisher ?
— Le général Fisher ? demande un autre.
— Il n'est sûrement pas général, reprit Ruhnau, aux dernières nouvelles, il n'était que capitaine !
— Je sais bien, mais c'est comme ça qu'on l'appelle car il est toujours super fringué !
— Dans ce cas-là, ça ne peut être que lui », reprit le soldat, bien heureux de constater qu'il était non seulement sur la bonne piste mais en famille.

Le copain Joseph, vieux voisin de paroisse, appartenait à une section vétérinaire. Quand il ne faisait pas le planton au pied de la porte de la Kommandantur de Simferopol, il soignait les chevaux blessés sur le terrain. Depuis l'Ukraine, il avait fait le parcours jusqu'ici avec une douzaine de gars, tous originaires de la région de Podlechen. Bruno Fox, le gradé commandant la section, faisait également partie de la paroisse ! Avec un nom pareil, Fox pouvait très bien avoir travaillé à la SPA allemande ou avoir été vendeur de chiens avant le conflit... En tout cas, il avait, dit-on ici, un foutu caractère. De là à dire qu'il était mordant... Avec toutes ces retrouvailles, après avoir temporairement abandonné son officier en vacances pour huit jours, Alfons avait fini par oublier ce pour quoi il était venu. Répondant à l'invitation de son copain planton, il avait rejoint à pied la caserne de Simferopol pour fêter les retrouvailles avec les copains de paroisse. La chambre de Joseph se trouvait au premier étage à l'entrée du bâtiment réquisitionné, bien sûr, par les troupes d'invasion. La chambre n'offrait que le confort d'une caserne banale. Petite, sombre, triste, avec quelques lits superposés dans les coins. Mais, on imagine aisément l'ambiance qui avait pu régner dans une chambre où une quinzaine de soldats de la même paroisse se retrouvaient réunis, séparés de plus de trois mille kilomètres de leur « port d'attache »...

« Sacré Alfons, toujours là... Qu'est-ce qu'on leur a mis aux Russes, t'as vu un peu...

— J'suis sûr que vous connaissez pas la dernière...

— Plutôt mignonnes les p'tites babouchka, pas vrai les gars !... »

...Le tout ponctué de chants militaires, de chants du pays, de blagues en tous genres et, surtout, surtout, d'histoires à dormir debout.

Avant de jouer au whist, l'équipée sauvage avait eu le temps de « siffler » deux grosses bouteilles de vin de Crimée. « Le Crimée » était loin d'être un vulgaire vin de table. C'était un excellent vin de pays, très doux, légèrement cuivré. Ce vin qui venait des vallées chaudes de Soudak se buvait comme du petit-lait. Il se présentait dans une bouteille de verre enveloppée dans un joli panier clair, style vin espagnol. Les types n'allaient jamais jusqu'à s'enivrer, car le gâcher — finir sa nuit aux toilettes ou dans le caniveau par exemple — aurait conduit à « donner de la confiture aux cochons » et en temps de guerre, la confiture, c'était plutôt rare ! On savait encore respecter les choses précieuses. Sans jouer au cador, au milieu de la chambrée, Alfons tranchait un peu avec les copains de paroisse. Il était le seul à arborer plusieurs médailles. Croix de seconde classe, croix de l'Ukraine, croix de blessé de guerre, sans parler de l'éclair en forme de flèche qu'il portait sur l'avant-bras. Un médaillon ovale rouge-bleu-gris, signe distinctif des « Radios ». Des décorations qu'il n'était pas peu fier d'arborer lorsque, au hasard d'une rencontre, un général le questionnait :

« Qu'est-ce qui vous est arrivé pour avoir tout ça sur la veste ? Vous avez combattu où ? »

Le lendemain matin, après une nuit au quartier ravitaillement de la 11e batterie d'artillerie où il dormit du sommeil du juste, Alfons Ruhnau avait appris que « le Général » qu'il avait cherché en vain la veille, n'était plus là. On l'avait envoyé à Jevpatorija, quatre-vingts kilomètres plus au sud. C'est dans cette station balnéaire, en bordure de la mer Noire, que les officiers partaient quelquefois en permission. Themmer avait appris la nouvelle. Déçu de cet échec, fatigué de courir ainsi après sa pitance, il avait décidé de tourner les talons et de repartir au camp avec Ruhnau, toujours dans l'énorme décapotable vert foncé qui lui était attribuée. Pendant le retour, Themmer n'avait pas dit grand-chose. Il était inquiet de savoir ce qu'il allait retrouver à sa base. On allait sans doute encore remettre ça avec les nouilles... Cette idée d'ingurgiter pour la énième fois en moins de quinze jours le même plat avait réussi à le troubler dans son sommeil. Themmer qui dormait aussi bien qu'un mort et que l'on était, dit-on, parfois obligé de réveiller au canon, ne dormit pas beaucoup la nuit de son retour au campement. Son aide de camp confia à Ruhnau qu'il avait gémi comme un vieux loup toute la nuit et qu'à force de s'être un peu trop retourné, il avait fini par terre. Le pauvre vieux Themmer s'était lui-même éjecté de son lit ! le lendemain matin, grognon, l'œil révulsé, il fit appeler le Prussien :

« Dites donc, Ruhnau, ça vous dirait de partir en vacances chez l'cousin Fisher maintenant que vous savez où il est ! Combien de jours vous faut-il ?

— Je ne sais pas, mon Commandant, cela dépend du mode de déplacement !

— C'est pas un problème, choisissez un de mes motards et son side-car ; je n'veux pas vous revoir avant trois jours ! » lança le commandant.

Ce Themmer aimait bien le jeune Prussien, mais il l'aimait plus encore depuis qu'il savait que ses nombreux pistons lui permettraient peut-être de satisfaire pour quelques jours au moins les caprices de son estomac. Depuis quelques heures, la guerre, le front, tout cela était subitement devenu bien loin des préoccupations du jeune Allemand. Après deux bonnes heures de side-car à travers la campagne, les deux loustics se dirigèrent vers le kolkhoze en question, à l'ouest de Simferopol. En envoyant Alfons vers son cousin, Themmer avait vu juste. Fisher était effectivement un bon plan. Depuis le temps qu'il gérait une partie des vivres des troupes allemandes du secteur, « le Général » avait fini par se placer. Ses copains officiers étaient légions. Officiers de marine, de l'air, de terre. Moyennant échanges et services divers, ses « relations » venaient souvent lui rendre visite les bras chargés de biscuits, de cigarettes et de bouteilles de schnaps. Le reste du temps, en dehors des heures de pointe, Fisher se contentait de gérer son kolkhoze. Trois cents vaches laitières, sa fromagerie, quelques cochons et son impressionnante batterie de... poules pondeuses ! Durant ces trois jours idylliques au pays de la grand'bouffe, le jeune Alfons fit des repas gargantuesques, et l'estomac, ballonné régulièrement, apprécia à sa juste valeur. Mais il fallait penser au retour, et lorsque l'on est indisposé par excès de mangeaille, il n'est pas aisé d'enfourcher un side-car durant plus de quatre-vingts kilomètres. Dans cet engin bourré de plaquettes de beurre, de saucisses et de bouteilles d'alcool bien secouées par les nids-de-poule, le trajet fut homérique. Une fois arrivé au campement et après une nuit salutaire, Alfons fut convoqué par Themmer qui affichait de nouveau un très large sourire :

« Alors, mon vieux, je constate que la mission s'est bien déroulée !

— Oui, mon Commandant, mais je regrette seulement un détail... euh..

— Dites, mon vieux, dites !

— Ben, c'est que l'on n'ait pas eu de camion pour le retour. On aurait pu rapporter beaucoup plus de choses.

— C'est pas une affaire, dit Themmer, y'a pas de camion disponible, mais prenez donc une charrette ! »

Themmer était décidément un drôle de type, sympathique mais un peu marteau. La pâture était devenue une idée fixe ! Cela ne dérangeait pas Ruhnau, bien au contraire, qui voyait la guerre sous un tout autre aspect que celui auquel il était habitué depuis le début. Seulement, ce nouveau déplacement n'allait pas forcément être une partie de plaisir. La charrette tirée par deux chevaux mettrait au moins huit jours avant de revenir au campement. Le voyage se fit malgré tout, et lorsque le convoi revint, on ne parlait plus de plaquettes, mais de barriques de beurre, de vin, de poissons — chargés à la pelle —, de cageots bourrés d'œufs, de saucisses et de toutes sortes de choses aussi remarquables que les maquereaux de pays que l'un des cuistots de l'unité s'était fait une spécialité de cuisiner avant la guerre en les faisant frire au feu de bois. Themmer était heureux. Les gars de la batterie aussi et l'histoire ne devait pas en rester là. Alfons (qui par la suite obtint une permission illimitée pour se rendre au kolkhoze) et son cousin Fisher, qui devinrent très vite les coqueluches de la 11e, organisèrent, plus tard, un nouveau convoi. Cette fois-là, ce n'était plus de side-car ni de charrette dont il était question mais de poids lourds. Huit jours plus tard, deux camions se rendaient chez « le Général »...

Dans ce genre de situation — la guerre, l'attente —, la nourriture jouait forcément un rôle essentiel. Le commandement savait bien non seulement qu'il fallait user de malice pour nourrir les gars correctement en cas de coup dur, mais également qu'il fallait, même si cela ne présentait pas de grosses difficultés en raison d'une collaboration évidente, entretenir de bons rapports avec la population locale. Le village où étaient stationnées les 10, 11 et 12e batteries d'artillerie s'était justement plaint aux officiers allemands de manquer de nourriture. Il faut dire que si les habitants disposaient de suffisamment de vivres avant la guerre, l'arrivée de plusieurs milliers de soldats chez eux mettait forcément à mal les stocks locaux. Par le biais d'un interprète, Themmer avait fait savoir aux villageois qu'il leur était possible de se rendre à Jevpatorija (situé au sud-ouest de la Crimée) pour se ravitailler dans les silos à grains, très nombreux dans la région. La Crimée en effet était très riche en céréales. La seule condition qu'il posait était que les habitants devaient eux-mêmes trier et charger. Quelques semaines auparavant, les soldats russes avaient en effet tenté de noyer le blé sous le pétrole mais l'opération n'avait que partiellement réussie. Ruhnau et un copain radio (qui maîtrisait parfaitement la langue) s'étaient proposés pour escorter la population qui désirait se rendre à l'endroit indiqué. On devait charger le soir pour repartir le lendemain matin. Alfons dormirait chez l'habitant. Le travail effectué, le retour au village ne fut pas aussi simple qu'on aurait pu l'imaginer. Le pays qui se trouvait dans le fond d'une petite vallée n'offrait guère qu'une série de pentes trop raides pour quarante charrettes bien remplies. La combine consistait à bloquer la roue pour éviter qu'elle ne tourne. Pour ce faire, le frein n'existant pas sur ce genre de machine, il fallait passer une corde dans la roue pour la fixer ensuite à un montant de la charrette. Le tour était alors joué mais la descente était périlleuse.

À Simferopol, ville de toutes les sorties des soldats stationnés dans cette partie de la Crimée du sud, on a gardé souvent des anecdotes mémorables. Parmi elles, l'histoire du chat et de la souris. Installés quelques jours dans le bâtiment « ravitaillement » de la section d'artillerie, Alfons Ruhnau logeait au premier étage dans une chambre de trente mètres carrés en compagnie d'un autre permissionnaire. Couchait, avec eux, un garçon de dix-sept ans qui, tout en habitant la ville, venait à ses heures perdues donner un coup de main aux cuistots du régiment. Depuis deux ou trois soirs, à peine enfoncés dans leur lit, les locataires entendaient des bruits bizarres qui ressemblaient fort à ceux que l'on fait lorsque l'on chiffonne du papier. Le soir qui suivit, le bruit fut plus insistant que les autres soirs et Ruhnau décida d'allumer la lumière puis de décoller du mur la vieille armoire de bois. Il y avait là un trou de la taille d'une pelote de laine. Aucun doute sur le fait qu'il s'agissait de la planque d'un rat ou d'une souris. Il fut décidé qu'en cas de sortie du mammifère, si mammifère il y avait, on boucherait le trou à l'aide d'un chausson (lors des permissions dans les chambres, les soldats en percevaient une paire), empêchant ainsi l'animal de créer dans la chambre un état de siège. Le rat qui, après le remue-ménage occasionné par le déplacement de l'armoire, avait précipitamment réintégré sa cachette, avait fini par réapparaître et faisait le tour de la pièce en longeant les murs. Ce fut l'instant choisi par Ruhnau pour se saisir de son pistolet. Il commença à tirer jusqu'à épuisement du chargeur. Les balles s'enfonçaient dans le mur comme un couteau dans une motte de beurre. Le cinquième coup fut le bon. Le rat avait reçu du plomb dans le corps et gisait sur la carpette. Le jeune Russe, livide et affolé, se réveilla brutalement en criant :

« Nicht ich, nicht ich ! » (Pas sur moi, pas sur moi !)

Il croyait qu'on voulait lui tirer dessus... En montrant au garçon l'objet du vacarme qu'il tenait par la queue, Ruhnau éclata de rire. Le malheureux, lui, ne riait pas du tout. Il n'avait probablement jamais eu aussi peur de sa vie ! Les voisins de chambre, alertés par le vacarme et craignant une agression, se ruèrent dans l'espoir d'apporter un coup de main, mais la bataille était finie. Il n'y avait plus rien à voir. Hormis un pauvre rat inanimé que l'on tenait toujours par le bout de la queue...

Lorsqu'on est amené comme la Wehrmacht à jouer les nomades permanents durant des mois, passant d'une ville à une autre, d'une région à une autre, d'un désert à une forêt, il n'est pas question de s'encombrer de matériel lourd. Pas de tentes, de couverture ni de lits superposés par tête de pipe, surtout pas en hiver. La plupart des maisons étaient occupées par les soldats bien sûr, mais lorsqu'il s'agissait de loger plusieurs dizaines de milliers de types en plus, il n'y avait pas de place pour tout le monde. La seule solution vraiment efficace et rapide en pareil cas restait le blockhaus ou la tranchée. Depuis le début de l'hiver 43, la Wehrmacht souffrait du froid. Le thermomètre qui avait d'abord oscillé entre -10 et -15° chuta très durement. On enregistrait maintenant des températures avoisinant les -25 et -30°. Pour se protéger du froid en attendant l'attaque décisive et comme partout ailleurs dans les autres batteries, on hibernait. Durant les premières semaines de février 1942, on a vu fleurir quantités d'abris dans les différents camps installés par l'armée allemande. Le principe consistait à creuser une tranchée de quatre mètres de long, à évacuer la terre sur les côtés, à placer au-dessus, perpendiculairement au trou des rondins de bois. Le toit était recouvert de terre et de branchages de manière à former un ensemble compact et étanche. À l'extrémité de l'entrée du trou, on perçait une ouverture de quarante centimètres de diamètre pour y installer la cheminée du chauffage : un tonneau de fer — emballage périmé de munitions — dans lequel on brûlait du bois. Alfons dormait dans l'un de ces trous qu'il avait aidé à construire avec trois de ses camarades. Ne restait plus ensuite qu'à s'engouffrer dans ce réduit et à attendre les ordres... à moins d'un défaut de fabrication. Lorsqu'on voyait des gars sortir de leur trou enveloppés d'une très épaisse fumée blanche et noire et jurant, crachant, toussant, on avait compris que l'endroit était devenu irrespirable... et qu'il était utile d'opérer des modifications si l'on voulait dormir tranquille ! En dehors des accidents de parcours, lorsque le vent ne soufflait pas trop fort et que la cheminée était bien montée, le trou était confortable. La chaleur dégagée à la base par le tonneau permettait aux résidents de dormir bien au chaud. C'est dans l'un de ces abris qu'Alfons eut un jour la mauvaise surprise de casser ses bottes. Après une bonne nuit de sommeil, l'homme s'était levé, avait quitté l'abri pour satisfaire un besoin naturel et, en regagnant l'abri, avait sauté malencontreusement sur ses bottes qui venaient de passer la nuit dehors. Cela avait beau être du cuir, par moins 30°, les bottes s'étaient fendues!...

Cette vague de froid précoce était inhabituelle pour la région et les conséquences sur les troupes dramatiques car ces dernières ne disposaient pas de tenues d'hiver. Les généraux en avaient pourtant réclamé à Hitler mais le Führer avait tardé à prendre des mesures. Comme ses camarades, Alfons Ruhnau ne possédait qu'une sorte de parka légèrement fourrée et réversible. Blanc pour l'hiver, vert pour l'été. Sur le terrain, les cas de gelures augmentaient de manière inquiétante. Faute de vêtements adéquats, il n'y avait plus qu'à bouger. Bouger sans cesse en se tapant vigoureusement les mains contre les flans. Éviter à tout prix que les membres ne s'engourdissent et ne gèlent ensuite. Lorsqu'un membre gelait, un doigt, une main, un bras, un pied, une oreille et qu'on ne le sentait plus, c'était déjà le début de la mort. Pendant les patrouilles, les veilles, les marches de toute nature, pour aller chercher du bois par exemple, on déconseillait aux soldats de se promener seuls. Ils devaient être en binôme pour se surveiller les uns les autres. Dès qu'un type voyait les oreilles, le nez ou les joues de son compagnon tourner au blanc translucide, il devait alors combattre le froid par le froid. Avec une boule de neige ou de glace, il s'employait à frotter le membre défaillant de son camarade jusqu'à ce que ce dernier retrouve des couleurs. Le type hurlait, bien sûr, mais la technique était efficace.

Pendant ce temps-là, dans les environs de Moscou, plus de cent mille hommes étaient évacués pour gelures...

Lorsqu'il fait un froid glacial, que le sol est gelé ou humide, le moindre confort est un petit coin de paradis. La culotte et les hautes bottes de cheval que portait la plupart du temps le jeune Prussien pouvaient paraître un avantage ridicule. Ridicule, sans doute, quand on voit cela de loin. C'était pourtant son petit coin de paradis à lui. D'une part, ses pieds étaient au sec, en permanence à l'abri de l'humidité. Rien n'y pouvait rentrer, ni eau, ni boue, ni cailloux. D'autre part, la pièce de cuir qu'il avait sous les fesses lui permettait de s'asseoir sur la neige ou sur la glace, sans craindre d'être mouillé. Ces vêtements faisaient partie de l'équipement du radio qui, en principe, passait une bonne partie de son temps à cheval.

Le commandement allemand avait concentré le plus gros des troupes de la XIe armée non loin de Sébastopol et s'efforçait de tenir en respect les quelques divisions russes qui circulaient par mer, entre Odessa et Sébastopol. La ville, qui n'avait subi jusqu'à présent que des escarmouches, faisait l'objet d'intenses préparatifs de la part des chefs allemands depuis plusieurs mois. Il fallait prendre Sébastopol, coûte que coûte. Car, en prenant la ville, on prenait du même coup tous les ports du littoral caucasien et on s'emparait des pétroles roumains. Avant d'envoyer l'infanterie, l'aviation devait pilonner les lieux. Nous sommes au mois de mai 1942. Hitler a donné huit jours pour prendre Sébastopol. Il en faudra beaucoup plus car l'on a mésestimé la défense russe dans la capitale.

Alfons faisait partie des premières vagues d'assaut. Il devait partir comme observateur, progresser en suivant une crête située au nord-est de la ville, puis stationner au sommet. Le point de vue sur la ville devait permettre de rassembler des informations servant au réglage des tirs des batteries installées à l'arrière. À elles ensuite d'ajuster leurs tirs en fonction des indications apportées. Au premier coup de canon, une fusée rouge était aussitôt envoyée par l'infanterie pour signifier aux batteries qu'il fallait rectifier le tir. La procédure devait alors reprendre. Avec le camarade radio, Ruhnau se planqua dans un trou d'environ un mètre de profondeur. Les jumelles sur pied installées, ils scrutaient le paysage. En dessous, les tirs avaient commencé depuis plusieurs heures. Pour éviter les éclats d'obus mais surtout pour se protéger de la chaleur torride qui régnait dans la région, l'artillerie attendait dans des tranchées, une toile de tente sur la tête pendant que l'infanterie, elle, tentait de dégager le terrain. Beaucoup de gars étaient en short et buvaient de l'eau et du café froid pour se rafraîchir le gosier. Depuis un quart d'heure qu'il observait le terrain, il ne parvenait pas à localiser les tirs ennemis. L'adversaire était caché dans les rues de la ville derrière les énormes hangars du port. En tournant ses jumelles de gauche à droite depuis de longues minutes, il ne s'était pas aperçu que le soleil, en tapant dans les lentilles, offrait un miroir splendide aux rayons et le transformait du coup en cible idéale. Cela donnait le temps aux Russes d'ajuster leurs tirs. Le premier coup de mortier ne fut pas le bon. Le second obus au contraire atteignit l'abri qui, fort heureusement, venait d'être évacué. Ne demeura dans le fond du trou que la paire de jumelles ou, du moins, ce qu'il en restait. Les deux hommes avaient eu le temps de sauter dans une autre tranchée cent mètres derrière. Ils avaient eu chaud. Installés dans leur nouvel abri, pourtant privés de leur outil d'observation, ils reprirent leur surveillance. Depuis l'histoire des lentilles qui avaient réfléchi le soleil, le coin devenait vraiment dangereux, mais il fallait rester là pour tâcher de donner quelques indications aux batteries qui n'attendaient que d'ouvrir le feu. En dessous, les tirs avaient cessé depuis quelques minutes, mais cela ne voulait pas dire qu'ils n'allaient pas reprendre. Alfons était accroupi, le dos appuyé contre le rebord de l'abri. Il n'était plus à ce qui se passait devant lui. C'est alors qu'une explosion fit voler un gigantesque nuage de poussière. Un obus venait d'éclater au pied de la tranchée. Le souffle fut tel que le soldat perdit son casque. Quand il le retrouva vingt mètres derrière, le casque avait changé d'aspect. Un éclat gros comme la paume de la main l'avait défoncé. Ce jour-là encore, il ne dut la vie sauve qu'à un détail : la sangle de son casque n'était pas accrochée.

La période de « vacances » qu'avaient connue les gars de la section était bien finie. Pas question de se laver, encore moins de manger normalement. Les hommes glanaient ce qu'ils pouvaient dans l'attente de jours meilleurs. Si au nord on avait eu quelques difficultés à percer la défense, de leur côté, au sud, les troupes ne parvenaient pas non plus à progresser. La résistance était nettement plus forte que prévue. Pour cette raison, le commandement avait choisi d'asphyxier les dernières poches de résistance en faisant débarquer des troupes par la mer. Sans le vouloir, les Allemands avaient largement tiré parti d'un élément qui intervint en pleine après-midi. En tombant sur un hangar du port, une grenade avait fait exploser des obus fumigènes. Une arme que les Russes avaient utilisée durant les premières attaques aériennes. Perdus dans le brouillard, les pilotes regagnaient leur base s'ils le pouvaient. Avec d'autres radios, Alfons était parvenu à localiser l'endroit exact où étaient situées les caisses en question. Lorsque les premières barges de débarquement furent lancées vers le port, l'artillerie se chargea de tirer sur ce qu'il pouvait rester des caisses de fumigènes pour couvrir les types qui débarquaient. L'opération fut un succès.

Sébastopol finit par tomber, après vingt-cinq jours de combat.

Aautomne 1942. Vingt-deux mois s'étaient écoulés depuis le stationnement des troupes à Kalisz. Vingt-deux mois durant lesquels Alfons Ruhnau n'avait pas revu les siens. Il obtint alors trois semaines de permission. Le voyage jusqu'à Podlechen, long de trois mille kilomètres, dura trois jours. Le train était bondé de permissionnaires, de matériel militaire et de gens de passage qui, le long de la voie ferrée, en pleine campagne, attrapaient comme ils le pouvaient la poignée d'un wagon pour se rendre nulle part. Au passage de la frontière, comme d'habitude, il fallait faire disparaître les poux. On faisait descendre les types du train. On les emmenait à la douche dans un grand hangar spécialement aménagé à leur intention, sorte de station de désinfection puis on s'emparait des vêtements contaminés pour les envoyer dans un four avant de redistribuer des habits neufs. L'opération ne durait guère plus d'une heure. Depuis que la guerre avait débuté, les poux constituaient un véritable fléau. « J'ai même vu des officiers qui épluchaient leur veste, comme on épluchait un fruit mûr ». Il n'y avait pas trente-six manières de se débarrasser des insectes. À Simferopol, Alfons avait trouvé la méthode. Il se déshabillait et faisait bouillir ses habits dans une grosse marmite au-dessus du feu. Les types qui commençaient à se gratter étaient certains de « choper » de grosses crises d'urticaire dans les huit jours qui suivaient « l'invasion ». Certains considéraient que c'était un signe de bonne santé. Dans les campagnes, les paysans avaient l'habitude de dire que les cochons infestés de parasites étaient les meilleurs du marché. Sans doute étaient-ils un peu plus gras que leurs confrères ! C'est ce gras qui, disait-on, faisait le bonheur des insectes. On raconte aussi que certains gars, qui ne pouvaient plus se passer du parasite parce qu'il leur offrait de la jouissance, cachaient des insectes dans des boîtes d'allumettes et les remettaient sur eux après le passage obligé à la douche ! Vrai ou faux ? on ne l'a jamais vérifié. Cela fait partie des mystères « intimes » de la guerre auxquels personne n'a jamais été capable de répondre avec certitude.

Il y avait les poux, il y avait aussi les punaises. Lorsque, au hasard des arrêts dans les villes ou les villages, les types logeant chez l'habitant prenaient possession de leur chambre à coucher, la plupart du temps au grenier, on ne mettait pas des heures à se rendre compte que la literie était souvent occupée par quelques dizaines d'hétéroptères bien dodus. Dans ce cas, la nuit du « soldat au repos » se transformait en bataille musclée contre l'occupant. Le lendemain, quand on voyait une victime réapparaître dans les rangs, les yeux cernés, l'œil vitreux, légèrement révulsé, le teint blafard, mais surtout l'humeur irascible, on comprenait vite que le sujet avait été victime d'attaques nocturnes permanentes !...

L'hygiène ne pouvait pas être le souci principal de l'armée. D'ailleurs, comment pouvait-il l'être lorsqu'il s'agissait d'une guerre de mouvement ? Depuis des mois, l'ensemble des troupes avait parcouru plusieurs milliers de kilomètres en Europe occidentale, traversé toutes les régions de l'ouest et de l'est du continent, déclenché quantités de batailles. La Wehrmacht était combattante, disciplinée, très organisée, mais pas au point de transporter avec elle des nécessaires à couture, des tubes de dentifrice et des brosses à dents! Quand il passait ses journées au front ou à l'arrière, le Prussien traitait ce genre de problème au coup par coup, dans l'urgence, de la manière la plus efficace possible afin que le pépin rencontré ne se reproduise pas. Depuis qu'il avait quitté sa maison, il n'avait pas eu le loisir de se laver les dents... un détail, sans doute, mais quel détail! Quand une carie vous ronge et que le mal perdure des jours entiers tout simplement parce que personne autour de vous ne peut rien faire pour vous soulager... Les chirurgiens-dentistes sur le terrain, cela ne courait pas les rues!!! Alfons avait profité des périodes plus calmes pour traiter le mal à la racine. Depuis le début de la guerre, il s'était fait arracher deux dents cariées. L'opération avait été réalisée non par un dentiste, mais par un simple médecin. Il lui avait injecté une petite dose d'anesthésie dans le palais pour éviter que cela lui fasse mal. Comme il n'y avait ni couronnes ni bridge disponible, deux jolis trous succédèrent aux deux vieilles dents cariées. Mais c'était mieux que rien... L'hygiène laissait donc à désirer. L'homme de troupe se contentait du minimum. Pour se raser par exemple, il utilisait un rabot et un morceau de savon. Quand il n'y avait pas d'eau parce le liquide gelait en raison du froid, il faisait fondre de la neige ou de la glace sur du feu. Quand il n'y avait rien de disponible, il utilisait un fond de café retrouvé dans un gobelet. Se raser était, paraît-il, une obligation, même si une partie de la section eut l'idée un jour de faire une grève de la tonte. La crise dura quinze jours. Elle gagna même une partie des officiers! Faire régner une discipline de fer quand tout le monde est dans le même bateau, c'est déjà moins évident. Côté vestimentaire, il lavait lui-même ses sous-vêtements — chaussettes, slips — dans des lavoirs improvisés. Chaque batterie possédait sa citerne à eau et les soldats faisaient le nettoyage qu'il convenait de faire.

Chaque soldat portait en permanence, dans une poche ventrale de la chemise ou de la veste, un petit livret beige, sorte de carnet d'identité : âge, date et lieu de naissance, grade, décoration, situation de famille. Tout ce qui ne figurait pas sur le livret : barbe, moustache ou tatouage, par exemple, ne devait pas non plus figurer sur le bonhomme.

CHAPITRE III

« On n'en aura donc jamais fini... »

L'invasion de la Pologne terminée, Clément Ruhnau avait pu regagner son domicile, quatre semaines plus tard. Âgé de cinquante ans, touché par la limite d'âge des hommes mobilisables. Père de famille, exploitant agricole, ses obligations ne pouvaient le contraindre à rester plus longtemps sur le terrain. Lorsque Alfons arriva à Podlechen, l'ambiance n'avait déjà plus grand-chose à voir avec celle qu'il avait connue avant son départ pour le front. La maison était presque vide. Aloys se battait contre les Russes aux environs de Moscou, Léo faisait son service militaire obligatoire, Hildegarde et Clément se trouvaient au pensionnat à vingt kilomètres de là. Ne restaient plus à la maison que ses sœurs Lucie, Gertrude et ses parents. L'exploitation comptait toujours ses ouvriers. La guerre n'avait pas modifié la période des cultures et les vaches produisaient toujours autant qu'avant. Seulement, on vendait moins, et parfois moins bien, les produits de la ferme. Le poste de radio — de marque Stassfurt — qui était installé dans le salon ne restait branché que pour s'informer du déplacement des troupes. Les discours d'Hitler — ils occupaient une place quasi-permanente sur les ondes — irritaient toute la famille, le père en particulier, qui coupait systématiquement le récepteur dès le début des émissions. Hitler hurlait. C'était trop sans doute pour un homme qui avait déjà une guerre derrière lui : la guerre de 14...

Alfons Ruhnau n'avait pas encore franchi le seuil de la maison. Il savourait déjà les instants à venir : prendre ses proches dans les bras, les serrer très fort comme pour recharger ses accus. Ce qu'il restait de la famille Ruhnau assistait au retour du « héros » sur ses terres. Pour le jeune homme, la scène était un peu surréaliste car il lui semblait que la guerre avait toujours existé et qu'il n'avait jamais regagné Podlechen. Lors des repas de famille le soir au pied de la cheminée, les discussions portaient surtout sur la folie qui s'était emparée du pays. L'attaque de la Russie, les conquêtes permanentes, les morts. Ils discutaient aussi de l'avenir. Clément Ruhnau ne se faisait aucun doute sur les intentions des dirigeants allemands. Si Hitler avait décidé de s'attaquer à l'est après s'être rendu maître de la plus grande partie de l'Europe, il était forcément décidé à aller jusqu'au bout de sa logique et, par conséquent, à poursuivre l'invasion de la Russie de Staline. Dans les campagnes, on savait que cette brusque percée vers l'est était parfaitement suicidaire, qu'elle n'apporterait rien de plus au pays, sinon que de voir se propager la tragédie, et que l'on s'exposait, en retour, à des représailles quasi certaines de l'ennemi. À ce sujet, d'ailleurs, la légende d'une photo de l'hebdomadaire nazi de janvier 1941 en disait long sur l'état d'esprit qui animait une partie de l'armée : « À l'assaut, vers l'incertain. » Clément Ruhnau craignait sérieusement pour la vie de son fils. Déjà deux années que son second fils s'usait les nerfs au milieu des bombes et des tirs de mitrailleuses. Pas une seule égratignure mais y réchapperait-il la prochaine fois ? cela relevait du miracle ! On s'inquiétait de savoir où tout cela mènerait le pays. Combien de temps la guerre allait-elle encore durer. Au fond, on se sentait complètement dépassé par les événements. Les six millions de chômeurs, Hitler au pouvoir, la logique de guerre ! Tout cela avait été si vite !

Le lendemain de son retour chez les siens, Alfons avait remarqué que la petite chapelle avait disparu. Une croix blanche avec un nom inscrit avait remplacé l'édifice. La coutume voulait qu'en pareil cas, on y inscrive le nom de la famille en grosses lettres sur le bois de la croix. Le petit bâtiment construit en briques, sans ciment, n'avait pas résisté au mauvais entretien et à l'hiver très dur qui s'était abattu sur la région.

Les trois semaines de permission à Podlechen s'achevèrent. Les larmes de joie avaient laissé place à l'angoisse. Il était temps de repartir. Le soldat avait eu le temps de se ressourcer un peu parmi les siens. De revoir la vie sous un autre jour et d'espérer que la guerre cesse. En le laissant repartir vers le front, ses parents l'avaient chaudement enlacé, lui avaient indiqué qu'ils prieraient pour lui tous les jours et qu'ils comptaient le revoir en entier. Au fond d'eux, ils étaient pourtant persuadés du contraire.

Depuis plusieurs semaines, les troupes qu'il avait quittées du côté de Simferopol avaient levé le camp et se dirigeaient plein nord. Sébastopol tombé, la mission consistait désormais à rejoindre les armées du nord. Celles de Von Busch et Von Kuchler avançaient vers Moscou. Il faut s'imaginer un instant l'organisation que cela demande de faire réintégrer des permissionnaires dans la section qu'ils ont quittée quelques jours ou quelques semaines plus tôt. Retrouver son unité, au milieu de quantités de bonshommes en mouvement... Alfons Ruhnau devait prendre possession de sa feuille de route auprès de la police militaire à la gare de Podlechen. L'unité se trouvait dans la région de Novgorod. Pour permettre la réintégration des permissionnaires dans leur section, l'organisation devait être parfaite. Chaque unité possédait un numéro inscrit sur de petites pancartes plantées le long de la route aux croisements des chemins. Ensuite, il s'agissait de repérer l'insigne distinctif de son unité sur les fanions de couleur. Comme de véritables panneaux de signalisation. Toutefois, à la différence des habitations, des villes ou des usines qui, elles, restent fixes, les troupes progressent. Il n'était donc pas rare de voir des gars se perdre plusieurs heures durant, au milieu de cette marée humaine, avant de pouvoir rejoindre leurs unités. Pour traîner un peu les pieds et poursuivre une permission jugée trop courte, Alfons s'amusa souvent à se tromper volontairement pour user les nerfs des sous-officiers. La balade pouvait durer deux jours !

Après la chute de Sébastopol, l'armée allemande semblait en mesure de passer à l'offensive vers la Volga et le Caucase. Dans une directive d'avril 1942, Hitler avait notamment prescrit la mission de s'emparer de Leningrad et d'établir une liaison avec les Finlandais. Pour le reste, il s'agissait de conserver les positions du centre et de réaliser une percée vers Stalingrad. En dépit du recul de leur frontière en 1939, les Finlandais n'étaient qu'à une centaine de kilomètres de la ville. Avant de s'attaquer à Leningrad, il fallait traverser Novgorod, au sud. Les troupes avaient été surprises lors de leur arrivée tant la région présentait d'étranges aspects. Le paysage était glaciaire, lacustre, tourbeux et boisé à la fois.

Immensément boisé; avec quelques grandes traverses toutes droites au milieu de cette Amazonie blanchâtre.

Arrivé dans la forêt de Novgorod pour occuper un quartier du front, c'est à un tout autre genre d'ennemi qu'il avait fallu s'attaquer : les moustiques. La région des marais en était infestée. Les filets que les types tendaient au-dessus d'eux n'y faisaient pas grand-chose. On entendait des «bzzz!» permanents. Bien entendu, l'infirmerie mobile n'avait strictement rien en magasin pour traiter ce genre de fléau, ni crème, ni anti-inflammatoire. Les types se grattaient comme des singes. Le calvaire dura près de deux semaines. En octobre 1943, arrivées aux abords de Leningrad, les 10, 11 et 12e batteries avaient pour mission de maintenir le siège de la ville et d'achever son encerclement par le sud-ouest. Depuis la fin août 1941, le groupe d'armée allemand du nord commandé par Von Leeb avait attaqué la ville. Mais la résistance était tenace, il fallait se battre en progressant maison par maison. Le siège durera vingt-sept mois. Von Leeb eut grand besoin de ces renforts venus du sud.

La discipline de fer qui existait dans la Wehrmacht à cette époque était valable tant pour les soldats que pour les gradés et officiers. Le commandement chargé de faire respecter les ordres du Führer savait pertinemment qu'il n'obtiendrait rien de ses troupes si elles n'étaient pas un tant soit peu considérées. Si un gradé ou un officier avait la mauvaise idée de porter la main sur un soldat, il risquait à coup sûr de recevoir une correction sans que son auteur soit le moins du monde inquiété par la suite. Ce genre d'incident se présenta à Alfons. Le front étant bloqué depuis plusieurs heures au sud-ouest de Leningrad, la 10e batterie, installée dans plusieurs abris de terre, attendait les ordres. Les radios avaient été mises en veille. Alfons Ruhnau se trouvait dans

Alfons Ruhnau, soldat de la Wehrmacht, en 1943. Il est alors âgé de vingt-quatre ans.

un abri où dormaient avec lui sept autres soldats. Ayant fini le premier quart de veille, il avait rejoint sa couchette, spartiate mais appréciable. Un lit superposé en rondins de bois. Le gradé de service chargé ce jour-là du bon déroulement des tours était un Major peu apprécié des gars. Un type dur, désagréable, qui avait un peu trop tendance à manquer de respect pour ses subordonnés. À deux reprises, il avait fait irruption dans l'abri en intimant l'ordre à Ruhnau de quitter ses pénates. À chaque entrée dans l'abri, le type hurlait comme un veau. Pour la troisième fois en quelques minutes, il vociféra :

« Ruhnau ! Tu vas sortir de là-dedans ou je vais t'aider à t'lever ! »

Pour Alfons qui dormait depuis seulement une heure, pas question de bouger. Son tour de veille n'était pas encore venu. Pourtant, le gradé revint à la charge. Il agrippa violemment sa veste mais la réplique fut immédiate. Le soldat lui administra un droit puissant qui envoya le malheureux au sol.

« Tu veux p't'être que je t'envoie en Conseil de Guerre, attends un peu !... »

Et le gradé, rouge de colère, revenait vers Ruhnau lorsqu'il reçut un second coup de poing qui le propulsa définitivement à terre. Le pauvre type se releva péniblement en maugréant. Les autres, qui assistaient à la scène, ricanaient et l'incident, bien sûr, fit le tour des batteries. Le lendemain, en morse, les radios voisines adressaient des messages au soldat vainqueur :

« Qu'est-ce que tu lui as mis... bravo Ruhnau, bravo ! »

L'auteur de la correction n'eut ni punition, ni réprimande.

24 janvier 1944. Bliny. L'unité se trouvait en lisière de forêt. Alfons Ruhnau avait était envoyé avec son radio pour

mieux observer ce qui se passait à l'avant. Devant eux, un champ immense et puis une autre forêt derrière. Il s'agissait d'installer un poste d'observation et d'indiquer à l'unité si une percée était ou non envisageable dans cette concentration de clairières et de morceaux de forêts très denses. Alfons tenait solidement ses jumelles en main et balayait le paysage de gauche à droite puis de droite à gauche à la recherche de l'ennemi. Lorsqu'il envoyait son message, il devait être sûr de son coup. Dans ce genre de terrain, à ce genre de combat, les Soviétiques étaient passés maîtres. Ils avaient l'habitude de la forêt, des endroits sombres et denses, des corps à corps, des effets de surprise. De plus, leur équipement spécial leur offrait un avantage évident sur leurs adversaires : eux, au moins, n'avaient pas froid. Depuis vingt minutes, les deux radios attendaient un indice. Un bruit. Une lumière. Mais rien. Un silence stressant planait dans le secteur. Un silence de mort. On n'entendait même pas le vent dans les arbres. La nature était inerte. Le genre de silence qui règne quand on est sûr qu'il va se passer quelque chose. Le silence de la forêt qui après la traque discrète d'un chasseur s'anime tout à coup lorsqu'un coup de feu a éclaté. Au moment d'appeler l'officier, plusieurs grenades explosèrent à quelques dizaines de mètres seulement de la position des deux soldats. On les avait vus. Le matériel radio ramassé en catastrophe, les deux types se mirent à courir comme des fous vers leurs arrières. En traversant une clairière, une autre grenade explosa sous leurs jambes. Ruhnau avait été blessé à la fesse et à la main gauche. Son copain avait été touché aux bras. La clairière les laissait complètement à découvert. Ils étaient blessés et devaient ramper dans la neige. De cette manière, ils parvinrent à sortir de la zone dangereuse. Parvenus sous les arbres, les deux malheureux se planquèrent en attendant que le temps s'écoule. Les blessures leur interdisaient d'effectuer le moindre geste. C'est ce moment que les Soviétiques choisirent pour attaquer en force.

« Si jamais le front ne tient pas, on est foutu », dit le Prussien à son camarade.

Tout l'espoir se trouvait concentré dans l'émetteur radio qui fonctionnait encore. Entre deux tirs de fusils-mitrailleurs, Alfons parvint à lancer un message à son unité.

« Bip, bip bip, sommes blessés. Activer et allonger tir. Position... », etc.

Pour couvrir les deux radios, les tirs devaient être fréquents mais surtout rallongés. La défense russe percée, l'ambulance évacua les deux hommes sur l'hôpital de Riga, à cinq cents kilomètres au sud-ouest.

Après quelques jours passés dans cet hôpital tenu par des Espagnols, Ruhnau fut dirigé vers l'Allemagne. Ses blessures étaient graves et nécessitaient des soins intensifs dans un établissement spécialisé. Dans le train qui le conduisait vers Munich, on l'avait allongé dans un filet à bagages. Chaque passage des essieux sur les écartements des rails était un supplice. La vibration provoquait un enfoncement de l'éclat de fer dans ses os.

Au hasard des arrêts dans les gares, on voyait monter et descendre des brancardiers de la Croix Rouge qui emmenaient des types en piteux état. Comme un arrière-goût de Noël, l'arrivée à Pfaffenhofen fut saluée par la neige. Une neige épaisse. Sur les quais, les infirmiers vêtus de blanc et rouge donnaient l'impression qu'il y avait là quantité de pères Noël. Dans cette petite ville tranquille de Bavière, on ne pouvait pas ne pas penser à la guerre, mais on avait du mal à se la représenter. On était loin du front. Ruhnau allait passer trois ou quatre radios avant d'être opéré. Les éclats qu'on lui retira étaient de la taille d'une grosse pièce de monnaie. L'opération terminée, son copain de chambre l'aida à bouger ses doigts de manière à ce qu'ils retrouvent leur élasticité naturelle. Le 1er avril 1944, Ruhnau était déclaré « apte au service après trois mois et dirigé sur l'unité de dépôt ». Il pouvait sortir de l'hôpital et regagner Küstrin en Poméranie, la caserne qui servait à tout : retour de convalescences, de permissions, de stages. C'est ce que l'on appelait l'unité de dépôt. Au mois d'août 44, le jeune Prussien était muté au Stab 560. Le bataillon disciplinaire d'un régiment d'infanterie. Dans ce bataillon avaient été envoyés un tas de gars qui s'étaient mal comportés au front notamment. Tentatives de désertions, rébellions, injures à officiers, etc. Pour Alfons, cette unité comportait le risque d'être envoyé dans des secteurs plus dangereux que les autres.

Le dernier jour. Deux jours avant la grande offensive russe qui marquait un tournant décisif dans la guerre que fit Hitler à Staline, le bataillon d'Alfons fut retiré du front pour être envoyé dans des trains, sans destination aucune. Les jours suivants, des convois interminables passaient et repassaient pour aller vers nulle part. Bref, la vraie débâcle où les ordres et les contrordres se succédaient à un rythme inquiétant. Nous étions au mois d'août 1944. Pour la première fois depuis le début de la guerre, il parvenait à joindre ses parents au téléphone. Cela n'était pas une mince affaire que de tenter un appel en plein conflit. Les lignes téléphoniques étaient toutes par terre. Le but consistait à atteindre le central téléphonique par le réseau militaire uniquement. Avec quelques copains, il avait voulu tenter le coup, même si certains n'y croyaient guère. La « moulinette » actionnée sur le côté droit de l'appareil, Alfons avait demandé la centrale de la batterie, qui le connectait ensuite sur la centrale de la division. De fil en aiguille, il parvint à obtenir le relais téléphonique le plus proche qui appela enfin le numéro demandé. À Podlechen, c'était le 36. Quelques minutes plus tard :

« Allô, maman ? C'est Alfons ! Tout va bien, je suis en Prusse mais je vais repartir bientôt ; embrasse toute la famille !... »

La conversation ne dura que quelques secondes.

Avec leurs troupes et leurs chars, les Russes parviendront en seulement quelques jours à occuper la Prusse orientale. Trois semaines plus tard, les armées allemandes se stabiliseront dans le couloir de Dantzig. La section à laquelle appartenait Ruhnau se trouvait dans un secteur très vallonné qui se terminait en une épaisse forêt. Les types étaient arrivés en pleine nuit pour prendre contact avec les unités situées au nord et au sud. Le lendemain, il s'agissait pour lui de rejoindre un poste d'observation avec deux autres camarades. Pas de blockhaus, ni de cachette improvisée, juste un trou de deux mètres de long et d'un bon mètre de profondeur. Devant, un chemin de terre facilitait l'observation. Depuis le début de la matinée, il était au milieu de ce trou à rats, coincé entre ses deux copains. Dans cette planque suicide, chacun se partageait un champ de vision. Pendant que les autres regardaient à gauche et à droite, il regardait droit devant lui. Une technique qui dans ce genre de combat d'approche offrait bien souvent des résultats. Soudain, venant d'un petit chemin sur la gauche, deux Russes apparurent, l'arme à l'épaule. Ils se trouvaient à une vingtaine de mètres de la planque. Pas question de bouger le petit doigt. Il pouvait y avoir d'autres Russes dans les environs. Les types pouvaient saisir leurs armes rapidement. Alfons, lui, avait posé la sienne sur le bord du trou. En général, celui qui prenait l'initiative avait logiquement le dessus sur l'adversaire. Avec l'effet de surprise, il paralysait son adversaire et l'empêchait de réagir de manière efficace. Mais il prenait aussi le risque de perdre subitement son sang-froid ou de voir son fusil s'enrayer. Les secondes passaient. Longues. Trop longues. Entre ses collègues cassés en deux dans leur antre, Alfons Ruhnau suait à grosses gouttes. Une sueur épaisse qui lui coulait dans les yeux. Une sueur de peur. Une sueur d'angoisse. Les Russes se parlaient dans un charabia incompréhensible et semblaient relever des traces avec leurs doigts. Les deux hommes firent quelques pas, puis s'immobilisèrent. Ils avaient la tête légèrement baissée. Le silence était total. Chacun sans doute retenait son souffle :

« PYKN BBEPX ! » (Haut les mains !)

Alors que l'un des deux Russes saisissait son arme, une détonation éclata. L'Allemand venait de tirer sur le pauvre gars qui s'effondra lourdement. Il devait avoir vingt ans. Si l'autre Russe avait tiré au lieu de prendre la fuite, Alfons serait mort, son fusil à un coup l'obligeant à reculer la culasse pour réarmer. D'un geste de la main, il s'essuya le visage puis se tourna vers ses copains qui dormaient... Les deux types étaient écrasés de fatigue ! Il y avait deux jours que personne n'avait dormi. En tirant le premier sur les Russes, en tout cas, il venait de sauver la peau de ses camarades radios. Il venait aussi de sauver la sienne, une fois encore. Depuis deux semaines que la Wehrmacht ne cessait de concéder du terrain à l'ennemi, on savait que la victoire avait changé de camp. Il n'y avait plus qu'un seul objectif : s'en tirer à tout prix.

L'incident qui venait de se produire avait malheureusement permis aux Russes de localiser la position du poste d'observation et surtout l'emplacement de la section. Un peu plus haut sur la butte, ils avaient installé un canon anti-tank et commençaient à charger et à recharger le tube qui crachait tous ses feux. Par chance, les premiers projectiles ne parvinrent pas à traverser la forêt. Ils tapaient dans les arbres. L'ennemi s'en était rendu compte. On l'entendait gueuler au-dessus. Les Russes avaient sûrement tenté de relever l'angle de tir qui était trop haut cette fois. C'est alors qu'une balle tua l'un des trois radios. Elle lui avait traversé la carotide.

« Raus ! »

Il n'y avait plus de temps à perdre. Rester dans cette zone, c'était signer son arrêt de mort. Pourtant, ce copain qui venait de s'écrouler sous ses yeux, Ruhnau s'était juré de le venger. Il savait que dans ce fouillis d'arbres à moitié dénudés, la technique des Russes consistait à s'enrouler un harnais autour de la taille puis à attendre que l'ennemi passe en dessous pour faire feu. Il savait donc que son ou ses adversaires, un ou plusieurs tireurs d'élite, ne pouvait se trouver que suspendu à un tronc à quelques mètres de hauteur. Pour être certain de ne pas rater son coup, son lieutenant lui avait fourni un fusil à lunette. Avec ça, il ne pouvait manquer sa cible. Son adversaire se trouvait là où il pensait le trouver, légèrement sur la droite, trois bons mètres au-dessus de sa tête. Il attendait. Ruhnau l'ajusta, puis tira. Ce type venait de mourir, pour rien, comme Erich tout à l'heure dans son trou. Mais « c'était lui ou moi »...

Depuis le début de la matinée, Alfons Ruhnau n'était déjà plus dans la même unité. Avec les attaques en série des troupes soviétiques, celle qu'il occupait la veille s'était littéralement disloquée. Morts, blessés, prisonniers, évacués d'urgence, la déconfiture totale. Les officiers qui se trouvaient encore sur le terrain et les soldats qui avaient réussi à passer entre les tirs reformaient à la hâte de petites unités qui ne contenaient que quelques centaines, voire quelques dizaines d'hommes. Ruhnau faisait partie de celles-là. Il n'y avait plus de radios, pas même de fusil pour certains, mais on tentait de résister. Malgré le «sauve-qui-peut» général. Dans l'après-midi, ce qui restait de cette unité sans corps se trouva face à une autre surprise. En descendant plus à l'ouest et toujours repoussés par les Soviétiques, les soldats arrivèrent dans une zone marécageuse. De hautes herbes vertes et jaunes très raides. Faute de pouvoir franchir l'endroit, les grosses pièces étaient restées en attente à l'arrière. Le combat allait tourner au corps à corps. Toujours privé de sa radio, Alfons Ruhnau, parti devant, avait le regard porté sur des tiges plus hautes que les autres qui bougeaient doucement en faisant des ronds dans l'air. Ce pouvait être le vent. Ce pouvait être un animal. C'était l'ennemi qui s'approchait en rampant. Brusquement, un type sortit de sa cache et bondit sur l'Allemand. L'empoignade s'acheva par deux détonations. Ruhnau avait eu le dernier mot. Une balle lui avait seulement effleuré l'avant-bras.

Vers la fin de la journée, un soldat qui avait regagné les arrières pour se faire soigner une blessure à la jambe s'était mis dans la tête de revenir sur la ligne de front pour récupérer son paquetage. Il voulait retrouver les photos de ses enfants qu'il préservait soigneusement depuis le début du conflit dans un étui en cuir noir que sa femme lui avait offert. Il revenait de Crimée. Les gars de la section lui avaient recommandé de ne pas y aller. Le front était en arrêt mais les Russes étaient toujours là. Il n'y avait rien à faire. Juste attendre. Ces photos, trois ou quatre portraits de ses enfants, de sa femme et de ses parents, c'était tout ce qui lui restait de son histoire mais, cela ne valait sûrement pas la peine de risquer sa peau. Même avec sa patte folle qui ne risquait pas de l'emmener bien loin, il avait pourtant juré d'y retourner. Après tout, il n'y avait que cinq cents mètres à faire. Le paquetage se trouvait près d'un arbre à l'embranchement de deux chemins. Deux minutes après son départ, une détonation retentit. Le type était touché.

« À l'aide les gars, à l'aide !... »

Avec un autre, Ruhnau se jeta à son secours mais leur course effrénée fut stoppée par l'explosion d'une autre grenade qui les propulsa dans les airs. Alfons était sonné. Sa tête résonnait comme une batte de base-ball et son bras gauche était complètement engourdi. En sautant, la grenade lui avait expédié un bout de fer sous la peau de la taille d'un gros ongle. Il ne sentait plus son bras. Lorsque les coups de feu cessèrent, on n'entendit plus du tout la voix du « jeune père aux photos ». Il n'était pas mort, tout juste évanoui. La balle lui avait perforé un poumon. En fin de journée, l'Allemand fut évacué. Alfons Ruhnau le suivit. Le jeune Prussien, qui avait derrière lui quatre longues années de guerre, pouvait être définitivement retiré de son unité. De toute façon, c'était la débâcle, la panique côté allemand. Dans un coin de Dantzig, aux abords de Rittel, l'homme de Podlechen cessait enfin de combattre. Il pouvait rentrer chez les siens. Ruhnau avait accompli pleinement son devoir de soldat et comme l'avait imposé le commandement suprême par la voix d'Ernest Busch, un modeste directeur d'orphelinat devenu maréchal, il avait respecté la tradition prussienne : « Höchste Pflicht im absoluten Gehorsam... » (Le devoir suprême réside dans l'obéissance passive.) Il était heureux. Il songeait aux terribles heures qu'il avait vécues en Ukraine, en Crimée, en Lettonie. Il n'ignorait pas non plus qu'en étant retiré du front, il échappait à la mort. Quelques heures de plus dans un secteur infesté de Russes lui auraient probablement été fatales. Alfons Ruhnau avait eu beaucoup de chance. En rendant ses jumelles, son pistolet, son casque et son fusil, il lança tristement aux copains :

« Bonne chance les gars. On s'reverra sans doute plus jamais... »

Le soldat laissait derrière lui six années entières consacrées au pays. Il laissait aussi Schlaëgel, Themmer, des dizaines de camarades et tous ceux qui jusque-là étaient sortis vivants de cet épouvantable bourbier. Son dernier jour venait de sonner. Cette fois-là, pour de bon.

CHAPITRE IV

« À la recherche de ma famille »

Il avait un bras dans le plâtre, mais il était resté « entier ». Il faisait partie des épargnés, des survivants de la campagne de Russie, des survivants de la retraite, et pour la première fois depuis 1939, il retrouvait une partie de la liberté qu'il avait perdue un jour de septembre aux abords de l'Ermland. Dans des circonstances qu'il a aujourd'hui totalement oubliées, il rejoignit Dantzig pour être évacué par la mer. Durant son transfert, il apprit que les Russes avaient repris l'offensive et que Dantzig était tombé. Nous étions le 14 janvier 1945. Sept semaines plus tard, le 7 mars, la Ve armée américaine franchissait le Rhin à hauteur de Remagen. C'en était fini de l'armée allemande et dans le bâtiment qui l'emmenait vers une destination inconnue, il n'y avait que des civils et des soldats blessés. On se taisait. On gémissait. On pansait les plaies et les blessures morales. En quittant Dantzig sur ce bateau bourré de « morts vivants », l'équipage n'était pas plus en sécurité qu'à terre. Les Russes qui occupaient une partie des côtes nord-est s'étaient emparés d'une bonne partie de la mer Baltique. Ils commençaient à torpiller les embarcations qui sortaient des ports. Dernière trace de ce qui restait de la flotte allemande, le cuirassé

Prince Eugène surveillait les sorties et couvrait l'exode des survivants. Pendant ce temps-là, on voyait sur la côte les feux des derniers combats pour les uns, des premiers combats pour les autres. Le cargo n'avait pas d'autre solution que de filer vers le nord-ouest en direction du Danemark. L'Allemagne étant en pleine déroute, cernée à l'est par les Soviétiques, à l'ouest par les Alliés, il fallait fuir, fuir n'importe où, mais fuir. Après deux journées de mer, arrivé à Arhus, le cargo lâcha son contenu de soldats et de civils. Dans un train, au beau milieu de la confusion générale, Alfons pouvait tenter sa chance et partir à la recherche des siens. Le sort, pour l'instant, en décidait autrement. Il fut évacué vers l'hôpital de Melsungen.

« J'étais dans un état lamentable ; je me sentais épuisé ; mais surtout broyé dans ma tête et dans mon corps ; Hitler nous avait bien eus et je me foutais pas mal d'avoir à constater que le pays était fini et que la guerre était perdue. Ce qui comptait pour moi, c'était que je venais de passer six ans de ma jeunesse, un fusil à la main, que je n'avais plus de nouvelles de ma famille, plus d'attache, plus de courage, et que j'étais considéré comme un hors-la-loi par tout le monde ».

Sur le quai d'une gare, un général allemand fuyait comme tous les autres. Il avait tenté d'accrocher la poignée d'une voiture et essayait de monter à bord du wagon. Mais il n'y parvint pas car personne ne le laissa monter.

« Y'a plus de place pour toi ici !... » lui criait-on.

Même dans la débâcle, un général n'avait rien à faire dans un train bourré de civils. À l'hôpital, après plusieurs jours de soins, le directeur laissa le choix aux types : ils pouvaient rester dans les chambres en attendant d'être faits prisonniers, ou bien ils pouvaient partir où ils voulaient. Alfons

Ruhnau décida de quitter l'hôpital et de rejoindre Nordhausen pour y retrouver une sœur de sa mère. Là-bas peut-être aurait-il quelques nouvelles des siens. Peut-être même les reverrait-il...

Nordhausen se trouvait à deux cents kilomètres de Melsungen. Ce voyage était risqué. Alfons Ruhnau portait toujours sa tenue. De plus, les routes constamment surveillées par l'aviation alliée rendaient l'aventure plus périlleuse encore. À tout moment, il pouvait se faire descendre par la balle d'un tireur isolé ou par les éclats d'une bombe tombée d'un avion allié. Le jeune Prussien choisit pourtant de partir à pied, de couper par les champs et les bois — c'était nettement plus sûr — jusqu'au moment où il pourrait longer la voie de chemin de fer pour grimper à bord d'un wagon. Deux jours de trajet lui furent nécessaires pour atteindre Nordhausen. À sa grande surprise, la ville était intacte. Nordhausen était une petite ville. Pas d'industrie militaire, juste quelques commerces dont cette grosse brasserie tenue par sa tante Lucia Bidau et son mari Mathias. Depuis le début de la débâcle, la brasserie était devenue une planque pour plusieurs membres de la famille Ruhnau. Il y avait là un frère d'Anna Ruhnau, sa femme et leur fille qui avaient dû fuir eux aussi de leur maison après un bombardement. Alfons était dans l'entrée depuis quelques secondes lorsque sa tante se jeta à son cou. Puis elle fondit en larmes. Le piteux militaire était interloqué. Il lui semblait qu'il y avait une éternité qu'on ne l'avait pas pris dans ses bras, qu'on ne l'avait pas étreint fortement et qu'il n'avait pas été ébranlé par ce qu'il avait ressenti lorsqu'il avait embrassé sa mère adorée un matin de septembre. Depuis longtemps, Lucia Bidau n'avait plus aucune nouvelle de Podlechen...

Alfons Ruhnau avait été logé dans une chambre au premier étage. Là, il tuait le temps en jouant aux cartes, ou en faisant à ses cousins le récit détaillé de ce qu'il avait vécu durant le conflit et en tapant des boules de billard dans la salle du rez-de-chaussée. À table, le soir, les Bidau expliquaient à leur neveu qu'ils se préparaient à quitter définitivement leur brasserie. Les Américains n'étaient pas loin et il valait mieux se cacher plus haut dans les montagnes, ce qu'avaient déjà fait la plupart des habitants de cette région. Il valait mieux cela en effet que de se retrouver englouti sous des gravats. En fait, l'avance des Alliés fut plus rapide que prévue. En fin de journée, les premiers avions américains dessinaient déjà des cercles dans le ciel tout gris. Plus question de s'enfuir. Les Bidau décidèrent alors de conduire tout le monde à la cave en attendant que l'aviation et les chars aient fait leur boulot. Le bombardement débuta vers 17 heures. Il allait durer moins d'une heure. En début de soirée, Nordhausen jusque-là épargné offrait le visage lamentable d'une ville ruinée par les bombes et par les tirs des chars ennemis. Par miracle, la brasserie fut en partie épargnée. Lorsque les Bidau, Alfons et ses cousins revinrent au grand jour après quelques heures d'attente au sous-sol, les Américains marchaient déjà dans les rues, suivis de leurs gros véhicules. Cette arrivée des Américains dans la ville inquiétait le jeune Prussien qui avait projeté avec sa tante Lucia de tenir la brasserie quelque temps. Ce n'était pas le travail qui manquait. Mais, c'était sans compter les intentions des Alliés qui voulaient voir défiler devant eux tous les hommes âgés de dix-huit ans et plus. Les intéressés devaient se présenter au Q.G. dans l'ancienne mairie de la ville. La cousine Rosa emmena Ruhnau. Elle n'était pas inquiète. Avec son bras dans le plâtre, sa jambe presque raide et son éclat dans la main que les médecins n'étaient pas parvenus à lui retirer, le Prussien n'avait pas de souci à se faire. Les Américains le libéreraient rapidement. Dehors, au milieu des pierres éclatées des maisons, des tas de gens attendaient des nouvelles. Parents, femmes, enfants, quelques vieillards aussi.

« Papa, papa, ils retiennent Alfons ; ils veulent le garder avec eux ! »

À l'appel de sa fille, Mathias Bidau s'était précipité au Q.G. pour obtenir des explications. On parlait d'envoyer Ruhnau dans un autre endroit. Dans une pièce de la mairie et par une fenêtre à moitié cassée, Alfons Ruhnau avait aperçu son oncle qui cherchait à rencontrer un officier.

« Puis-je parler à quelqu'un ? Est-ce qu'on peut s'occuper de moi ? »

L'oncle se démenait. Pour rien. Lorsqu'une heure plus tard, il frappa de nouveau à la porte du Q.G., le neveu avait disparu. Mathias Bidau, la tante Lucia et leurs enfants ne revirent plus jamais Alfons Ruhnau. Il resta juste, dans ces murs, quelques souvenirs qu'il voulut laisser de lui comme pour provoquer le destin : des médailles, ses décorations et son grade de soldat de première classe qu'il plaça derrière une pierre du mur du jardin des Bidau.

Il était 3 heures du matin. Une centaine de types grimpaient dans un semi-remorque américain pour se rendre dans un camp plus à l'ouest, du côté de Kassel. Le camp se situait au pied d'une usine d'extraction de charbon. Angoissés, les Allemands craignaient la réaction des Russes.

« Ce sont des salauds !... » entendait-on parfois.

« Moi, j'ai pas envie de finir au goulag, mieux vaut tout de suite en finir ! » avait lancé un autre.

Sur le terrain, les bruits, les rumeurs allaient bon train. Il se disait que les Russes ne faisaient pas de quartier avec l'ennemi et que les massacres étaient nombreux. De ce petit coin de Wehrmacht en perdition, personne n'était allé vérifier. On disait. C'est tout. On se trompait peut-être, mais on avait tellement la trouille... Dans la section de Ruhnau, un jeune soldat était parvenu à faucher un flingue à un américain et s'était mis une balle dans la tête. La terreur vraie ou non... le type avait préféré ça au goulag. Il n'était pas le seul à avoir mis fin à ses jours. Pour Alfons Ruhnau, ce geste était dramatique, impossible, inconcevable, mais la trouille d'être pris par les Russes l'avait envahi lui aussi. Cela dit, c'était l'heure où « la solution finale » battait son plein d'atrocités, mais Ruhnau ignorait les pratiques de ses propres chefs.

Les Allemands n'ayant plus rien à perdre, ce départ précipité en pleine nuit vers Kassel paraissait tout de même très curieux. À croire que l'arrivée imminente, dans le secteur, des troupes russes laissait craindre le pire aux Américains. Mais il y avait peut-être une explication à cette agitation. C'était l'époque où la découverte de quantités de soldats russes dans les rangs de l'armée allemande, commençait à provoquer de sérieuses tensions entre Staline, Churchill et Roosevelt. Au printemps 1944, en effet, Eisenhower avait reçu des services de renseignements plusieurs rapports lui indiquant que d'importants effectifs russes sous commandement allemand faisaient route vers le Mur de l'Atlantique. Ces Russes — plusieurs millions — avaient été faits prisonniers par les Allemands et l'on savait que bon nombre d'entre eux, par haine du bolchevisme et de Staline, avaient été jusqu'à renier la Mère Patrie en prenant les armes ou en frappant aux portes des usines d'armement de la Wehrmacht. Dans leur lutte contre les Boches, les Alliés et les Russes jouaient dans le même camp bien sûr. Mais cette découverte avait tout à coup modifié les règles du jeu. Si Staline faisait la guerre aux Allemands, ce qui, aux yeux des Européens, était un gage de confiance et rachetait son appartenance à l'idéologie communiste, en revanche, il n'offrait aucune garantie dans son pays concernant les droits de l'homme. Les purges, c'était quand même lui ! Depuis plusieurs semaines, les demandes de l'État russe se faisaient de plus en plus pressantes : les compatriotes devaient rentrer au pays dans les plus brefs délais. Mais personne n'était dupe. Les Alliés ne voulaient pas porter cette responsabilité d'avoir à livrer à Staline des types qui, chez eux, finiraient dans un trou parce qu'ils avaient trahi leur patrie en intégrant les rangs d'une armée ennemie !

« Tu ne resteras pas longtemps prisonnier, parce qu'on ira tous ensemble en Russie ! » avait dit un gradé américain à Alfons.

Pour un type qui venait de se taper la Biélorussie, l'Ukraine, la Crimée et Smolensk dans la foulée, cette phrase voulait tout et rien dire à la fois. Elle pouvait être une boutade. Elle pouvait aussi vouloir dire que lorsque l'on est sorti vivant des combats les plus durs, on n'en est plus à un mois près et que, si nécessaire, on peut bien reprendre l'uniforme encore quelques mois ! Alfons s'était interrogé sur la nature de cette phrase. Et si elle était à prendre au premier degré ? Et si la guerre n'était pas encore terminée ? Et si les Alliés, voulant à leur tour s'emparer de Moscou par haine de son drapeau, avaient décidé de les envoyer au casse-pipe pour couvrir les arrières ? Arrivé à ce point, c'est vrai, on pouvait tout imaginer...

    Pendant que les troupes allemandes tentaient de résister, un autre drame se jouait ailleurs, chez ses parents qu'Alfons n'avait toujours pas revus depuis qu'il était démobilisé. Pour nombre de villages de Prusse orientale, l'heure de l'exode avait sonné. L'avancée des armées soviétiques vers l'Est était irrésistible. Les habitants devaient fuir rapidement. Emportant avec eux ce qui leur était possible de prendre, c'est-à-dire le minimum nécessaire, matelas, couvertures, nourriture, les Ruhnau abandonnèrent leur maison de Podlechen et emmenèrent avec eux leurs ouvriers. Lucie, Gertrude et Reynold, leurs enfants, les accompagnaient. Ils voulaient quitter la Prusse par le nord-ouest en traversant le golfe de la Vistule. Une mer gelée presque fermée au nord par une langue de terre partiellement boisée s'étendant sur plus de quatre-vingt-dix kilomètres de long entre la Baltique et la lagune de la Vistule. Là, ils n'auraient qu'à attendre, en se cachant. Mais bloqués par le froid et les bombardements intensifs de l'aviation soviétique, beaucoup n'arrivèrent jamais au bout de leur voyage. Après plusieurs jours d'une marche épuisante, les Ruhnau décidèrent finalement de rebrousser chemin pour retrouver leur ferme. Mais, contraints et forcés de quitter une seconde fois leur maison en raison de l'avancée des troupes russes, les Ruhnau fuirent à nouveau. Clément, le père, prit la tête d'un petit groupe avec l'aide d'un cousin. Sur ce chemin de l'exode, les deux hommes seront tués, tous les deux, le même jour, à la même heure, pour une histoire de montre. Une montre qu'un soldat polonais avait tenté de voler à Clément Ruhnau.

L'homme s'était défendu. Le cousin avait tenté de s'interposer, mais l'autre eut le dernier mot. Les deux hommes seront abattus d'une balle de revolver dans la tête. Clément Ruhnau avait cinquante-six ans. C'était un homme robuste, carré, les cheveux châtains, les yeux bruns, le front dégagé. Tout le monde disait de lui qu'il avait le regard puissant, que sa présence rassurait, qu'il savait diriger et même protéger les autres. Dans son village de Podlechen, Clément Ruhnau était un homme estimé. C'était une personnalité. C'est lui que l'on prenait comme médiateur dans des dossiers difficiles entre fermiers et créanciers endettés. Mais la guerre avait voulu cette fin tragique. Clément Ruhnau était mort sous les yeux de sa femme, de ses enfants, de ses amis. Désormais, plus rien ne serait comme avant.

CHAPITRE V

« Ce qui m'a fait le plus mal,
c'est d'avoir quitté mon pays »

Septembre 1945. La guerre vient de s'achever. L'Europe est en ruine et il faut tout reconstruire. Après les maisons, c'est désormais aux soldats vaincus d'être réquisitionnés. Un matin de cette même année, un convoi de quarante mille prisonniers allemands arrive lentement à Rennes par le train. Il vient de Kassel. La paix, peut-être au bout des rails. Les soldats allemands qui, sous très haute protection, envahissent les quais, ont voyagé quatre jours dans des trains de marchandises bourrés à craquer, glacials, sales, sans portes et laissant pénétrer tous les vents. Il pleut. À leur descente des wagons, une partie des prisonniers est conduite vers une caserne de la ville située le long de la voie de chemin de fer.

Rennes-Saint-Jacques était une gare de triage. Dans les rangs des prisonniers, la France recherchait des volontaires pour la Légion Étrangère. Alfons Ruhnau considérait que les propositions faites par les officiers d'un des bureaux de la gare étaient une sorte de cadeau déguisé. Un piège. En échange de leur liberté, les types qui acceptaient la proposition se voyaient offrir un avenir, une condition nouvelle et dans l'instant, surtout, de la nourriture en masse. Même s'il n'avait plus rien, Ruhnau, qui venait de donner six des plus belles années de sa jeunesse, ne voulait pour rien au monde reprendre l'uniforme qui lui avait trop longtemps collé à la peau. Après quinze jours d'attente au milieu de quantités de prisonniers et un mois passé dans des camps américains et français, un petit groupe d'hommes fut acheminé vers Saint-Malo. Là-bas, une douzaine de prisonniers descendirent du train, rejoignirent le port, prirent le bac jusqu'à Dinard et se dirigèrent à pied vers Saint-Lunaire.

Après quelques heures de marche, le peloton, encadré par quelques hommes en armes, aperçut ce bourg de trois cents âmes. Alfons Ruhnau, soldat de première classe, originaire de Prusse orientale, se trouvait parmi eux. Numéro de plaque : 83 - 1 - /SCHW . A.E. - abt - 47. Le jeune soldat en voulait à la terre entière. Il voulait crier, mais il n'y parvenait pas. Il n'en avait pas la force. Il n'en avait plus le courage. Pendant des années, il avait marché sur les morts, dans les tranchées, à la sortie des villages, lorsque les chars avaient fait l'essentiel de la besogne. Pendant si longtemps, il avait répondu aux ordres d'une armée en laquelle il avait cru parce qu'on lui avait dit que c'était pour réaliser la Grande Europe... Maintenant, Alfons Ruhnau avait changé. Il avait vieilli. Il était amer. Il ne croyait plus en rien ni en personne. Après six ans d'entraînement et de guerre, le jeune Prussien n'était plus que le simple numéro d'un clan de prisonniers que la défaite frappait de honte. Son cœur s'était endurci. Ce qu'il désirait plus que tout au monde, pourtant, c'était un peu de chaleur et de réconfort. Quelqu'un à qui parler. Pour échanger, pour revivre. Devant cette nouvelle bourgade, il réalisait qu'une partie de sa vie et de son identité s'était envolée sur les ruines des champs de bataille.

Avançant sur cette route poussiéreuse qui l'emmenait vers sa nouvelle destinée, Alfons Ruhnau revoyait sa Prusse. Celle qu'il n'aurait jamais voulu quitter. Nous étions le 5 septembre 1945. Le ciel était bas. Le vent soufflait de l'Ouest. Encore un mois de septembre, comme lorsque, il y a bien longtemps, il avait embrassé sa mère sur le seuil d'une porte, là-bas, près de Braunsberg. Ce jour-là aussi, le ciel était gris, très bas. Un vent glacial venait de l'Est...

En 1945, le Saint-Lunaire où arrive Alfons Ruhnau n'a plus rien à voir avec la petite mais prospère station balnéaire d'avant-guerre. Le Grand Hôtel et le Golf Hôtel ont été pillés après avoir servi de caserne ou d'hôpital. Dans le village, pour dégager le champ de tir, l'Hôtel de Paris et huit maisons ont été rasés par l'occupant, tandis que deux cent soixante-deux autres maisons ont été touchées durant les bombardements, dont quarante très gravement. Quant à la côte, elle est méconnaissable, les Allemands s'étant employés, dès 1940, à multiplier les fortifications. De grosses pièces d'artillerie ont ainsi été installées dans des casemates dominant la mer à la Garde Guérin et à la pointe de Bellefard. Huit blockhaus sont venus renforcer les défenses. Sur les plages comme sur les coteaux, et jusqu'à l'aérodrome de Ponthual dont se servait la Luftwaffe pour aller bombarder l'Angleterre, on ne compte plus les pieux enfoncés dans le sable, les lourdes grilles, les kilomètres de fils barbelés. Afin de prévenir un éventuel débarquement, nombre d'endroits ont été minés, que les prisonniers allemands devront ensuite déminer pas à pas...

Jusqu'à sa libération par les troupes américaines, le 14 août 1944, après une semaine de combats, Saint-Lunaire, située en zone interdite comme toutes les communes voisines, a vécu presque coupée du monde. Aux mille cinq cents habitants sont venus s'ajouter trois mille réfugiés. Parmi eux, beaucoup de Nordistes, dont le maire de Cambrai, sa municipalité et les services administratifs de la ville. S'ajoutaient aussi, évidemment, les deux mille deux cents hommes des forces allemandes placées sous le commandement du Hauptmann Michewsky, grand gaillard toujours tiré à quatre épingles mais facilement abordable. Pour tous ces soldats et leurs trois cents chevaux, les hôtels, une centaine de villas et vingt-deux fermes avaient été réquisitionnés... Voilà à quelle situation les combats pour la Libération mirent fin. Le premier obus américain tomba devant l'église le lundi 7 août à 13 h 30, endommageant l'édifice et les maisons alentour. Fuyant les bombardements, mille deux cents personnes de Dinard et Saint-Lunaire se regroupèrent autour du Tertre du Lot pendant que le fortin de la Broussette et les défenses du Nick, sur la pointe de Bellefard, essuyaient un feu nourri. En acheminant un ravitaillement de farine, Antonio Lopez fut mortellement atteint par les éclats d'un obus. Le 10 août, un cultivateur, Francis Hervé, qui n'avait pas voulu quitter sa ferme, fut tué, lui aussi, dans les mêmes conditions à la Broussette. Et cinq jours plus tard, un père de famille trouverait à son tour la mort au Pont-aux-Vaux pour s'être trop approché d'une des dernières batteries allemandes en action.

C'est ce Saint-Lunaire marqué par les combats que découvrit Alfons Ruhnau. Les ruines étaient nombreuses ; du matériel, des casques et des mitrailleuses traînaient un peu partout dans les fossés. Quant aux communications, elles étaient difficiles. Les routes étaient en mauvais état ; les pneus et l'essence manquaient. Certains autocars qui se rendaient d'un point à un autre de la commune étaient pris d'assaut et devaient parfois s'arrêter dans la côte du Tertre parce que trop chargés. Souvent, il n'y avait ni eau, ni électricité dans les campagnes ; dans le centre du bourg, seule une ampoule éclairait un coin de la place de l'église. Même si beaucoup de petits commerces avaient rouvert leurs portes, les tickets de rationnement continuaient d'exister pour le pain, le chocolat, le riz, le café, les cigarettes, le charbon, etc. En somme, avant que la vie reprenne normalement son cours, beaucoup de choses restaient à faire ou à reconstruire. Le petit groupe de prisonniers allemands allait y être employé...

Ce petit groupe d'hommes dirigé par un certain Golier, paysan de son état, fut orienté vers la salle communale de Saint-Lunaire. Un bâtiment de pierre d'une vingtaine de mètres de long, dix de large, transformé en dortoir. Il servait d'école avant la guerre. À l'intérieur, de vrais lits en fer superposés attendaient les recrues qui appartenaient désormais au commando agricole du village. Les prisonniers se verraient confier tous les travaux des champs mais aussi des activités d'utilité publique. Comme de nombreux agriculteurs de la région, François Thoreux manquait de bras. La guerre avait vidé les bourgs. Beaucoup d'individus avaient été déplacés, n'avaient pas encore rejoint la région ou étaient morts. Les jeunes hommes se faisaient rares. Le père Thoreux — c'est ainsi qu'on l'appelait — avait appris qu'un groupe de prisonniers allemands arrivait au village. C'était la seconde fois en deux mois que des prisonniers allemands étaient dirigés sur Saint-Lunaire. Il s'empressa de rencontrer l'officier du commando. C'était le début de la

François Thoreux, le fermier de Saint-Lunaire, entouré de Kurt Knodel et d'Alfons Ruhnau, ses prisonniers. Le second, à droite sur cette photo, deviendra son gendre.

matinée. Dans cette grande pièce triste au rez-de-chaussée de l'ancienne école, un groupe d'Allemands somnolait sur des lits, attendant que des fermiers viennent les chercher pour utiliser leurs bras. François Thoreux jeta un rapide coup d'œil sur les hommes, fit connaître ses intentions au chef du commando, puis sortit de la salle avec un Allemand qu'il avait lui-même désigné en le montrant du doigt. C'était Alfons Ruhnau, le soldat de première classe qui revenait de Russie. François Thoreux avait choisi ce gars-là parce qu'il le trouvait sans doute plus solide que les autres. Les deux hommes remontèrent la route vers la sortie du village puis se dirigèrent vers les «Douets». L'Allemand avait les mains dans les poches. Le fermier avançait d'un pas lourd et ferme. Personne ne disait rien. Ruhnau ne savait que l'allemand. De toute façon, il n'avait pas le cœur à parler. Il ne pensait à rien. Huit cents mètres plus loin, ils arrivèrent à destination. Une petite ferme plantée sur une butte au pied d'une rivière. François Thoreux poussa la porte de la maison, fit asseoir son prisonnier, lui donna à manger et l'envoya dans les champs pour lui faire arracher des pommes de terre. Ce furent les premiers gestes de l'ancien soldat dans cette commune du bout du monde.

Annie Thoreux, la fille du fermier, ne pouvait le cacher : l'arrivée de cet Allemand avait provoqué chez elle un peu de nervosité. C'était bien normal, car, pour elle, ce prisonnier qui venait donner un coup de main représentait la honte, la haine peut-être, la pitié, mais surtout la guerre, les ruines, le dégoût, la défaite, des victoires, des morceaux de bonheur perdus. Des sentiments embrouillés, compliqués, compréhensibles et contradictoires à la fois. Était-ce normal de recevoir ici un prisonnier allemand ? Ne l'était-ce pas ? Elle ne savait quoi dire. Quoi penser. L'Allemand allait tout d'abord être vu comme une bête curieuse ; cela ne pouvait être autrement. La jeune fille, âgée de vingt-cinq ans, l'avait attendu dehors, au pied de la porte d'entrée. Elle l'imaginait grand, large, solide, inquiétant. Elle savait qu'il appartenait à un peuple qui, durant des années, s'était battu pour s'imposer. Le choc fut terrible. Lorsqu'il lui apparut, le soleil dans le dos, laissant traîner une ombre géante devant lui, un instant immobile, comme un zombi, un automate inarticulé, l'Allemand ne laissait paraître que ce qu'il était réellement physiquement : un corps maigre, large mais osseux. Ses oreilles étaient rouges et translucides. L'homme qu'elle découvrait ne devait pas peser bien lourd. Depuis sa démobilisation, l'Allemand avait perdu plus de trente kilos. Il n'était pas le seul, mais Annie Thoreux ne le savait pas encore. Alors, elle fut saisie. Elle eut pitié. Cet homme était un mort vivant qu'elle avait déjà décidé d'aider. Pour elle. Pour lui. Par humanité...

Les premiers jours de leur arrivée à Saint-Lunaire, les prisonniers qui travaillaient en ville n'avaient pas grand-chose à manger. Le père Joseph Duclos (beau-frère de Marcelle Survers), patron de la boulangerie, passait du pain à quelques-uns, en cachette, par-dessus le mur de son jardin. Peu de nourriture, peu de vêtements aussi. À son arrivée dans le village, les fermiers offrirent quelques habits à l'Allemand. On lui donna des vêtements de travail très usés. Ils se composaient de chemises en grosse toile blanche, de pantalons rayés noirs et de gilets sans manches. Les vêtements qu'il portait désormais avaient appartenu au père de la patronne : un certain Alphonse Thoreux...

Pour les hommes qui travaillaient dans les fermes, la règle appliquée au village était simple. Chaque matin, ils devaient se rendre à pied vers leur lieu de travail, accompagnés de leur fermier. Le soir, les prisonniers devaient être de retour au dortoir à vingt heures au plus tard. Le jeune Prussien ne tarda pas à suivre la discipline qu'on lui imposait. De toute manière, il n'avait pas le choix. Il savait que le travail et l'application stricte de la règle étaient, dans l'instant présent, sa seule issue. Qui sait ? Avec la fin de la guerre, une bonne conduite lui permettrait peut-être de regagner son pays. Faute de pouvoir le faire, il pourrait s'attirer, pourquoi pas, la confiance d'un propriétaire qui au bout de quelque temps lui proposerait de l'embaucher pour de bon et de s'installer ici. Oui. L'unique méthode pour lui de s'en sortir vraiment se trouvait là ; dans « l'obéissance passive » comme avait dit le maréchal Ernest Buch. L'ex-soldat de la Wehrmacht savait qu'il pouvait être aidé dans cette tâche par la présence réconfortante d'un de ses compatriotes. Un autre Prussien arriva en effet quelques semaines plus tard chez les Thoreux. Comme Ruhnau, il revenait du front. Kurt Knodel avait des allures de petit garçon faisant semblant d'être sage. « Le p'tit Kurt », comme on l'appelait à la ferme, devait son surnom à sa petite taille. Il ne mesurait guère plus d'un mètre soixante. C'est probablement pour cela qu'il était un concentré d'énergie. La plupart du temps, il épatait la galerie avec son rire sarcastique et ses mimiques de comédien-amuseur. Mais cette façon d'être dissimulait de vives blessures. De la campagne de Russie dont il était revenu, Kurt Knodel avait hérité d'un éclat d'obus à la tête. Dans les champs, on le voyait souvent se rouler par terre de douleur. Par pudeur, le pauvre gars s'isolait et hurlait. Cela le soulageait. Ses maux de tête étaient intenables, mais personne ne pouvait rien pour lui. Knodel souffrait seul dans son coin de longues minutes avant que le mal disparaisse complètement pour revenir plus tard. Lorsque les crises étaient calmées, il reprenait le travail, redevenait comme avant et ses rires faisaient oublier à tout le monde ce qu'il était réellement : un malade. Malade de la guerre. Malade des obus. On savait bien qu'un jour ou l'autre, Knodel allait être frappé d'une crise plus sérieuse. Et d'une autre. Et d'une autre plus violente encore que la précédente, qui lui serait fatale. Ses crises ressemblaient trop à celle du fou d'un hôpital psychiatrique qui en se tapant la tête contre les murs ne parvient plus à maîtriser ni son corps ni son cerveau. Dans ces moments-là justement, son corps et son cerveau devenaient fous, et Knodel disait toutes sortes de choses débiles, insensées et sinistres. Certains voisins en avaient un peu peur. Ils ne le cachaient d'ailleurs pas. Une bonne vingtaine d'années plus tard, Kurt Knodel qui avait toujours gardé le contact avec son compatriote lui racontait dans une lettre que, de retour au pays en 1948, il s'était marié avec une fille habitant la Bavière. Son premier boulot avait été de ramoner les cheminées. Et puis, plus rien. Le silence... radio. Il n'avait plus jamais été question de lui. Kurt Knodel, le « p'tit Kurt » que tout le monde aimait bien malgré tout, le « p'tit Kurt » qui les faisait tous rire était mort. Sans doute mort de son éclat d'obus dans la tête...

Le soir de cette première journée aux Douets, il y eut une ambiance un peu particulière autour de la table des Thoreux. Alors que tout le monde terminait le repas, aux environs de 19 heures, François, le patron de la ferme patientait dehors, attendant que son nouvel ouvrier termine enfin le repas qu'on lui avait servi. Cela faisait un bon quart d'heure que le patron était sorti de table et que l'Allemand, lui, était encore en train de souper. Il dégustait une assiette de soupe et de lard. Un plat simple, mais pour un soldat qui avait parfois crié famine, cette soupe était la manne tombée du ciel. Comme un puits sans fond, l'assiette qui se trouvait devant lui ne cessait de se remplir au fur et à mesure qu'elle se vidait. Dans cette grosse assiette de terre cuite, il n'y avait que des aliments de la ferme : eau, carotte, pomme de terre, choux, pain, lard. On appelait cela la potée bretonne. En même temps que disparaissaient, dans le fond de sa gorge, les énormes cuillerées de soupe bien chaude, le nouvel ouvrier ne cessait d'engloutir des verres de cidre, à la stupéfaction générale. Dieu ! que c'était bon...

Les Thoreux n'étaient pas de riches fermiers. Quelques hectares de terre, quelques bêtes, un peu de cultures. Leur maison était un vieux corps de ferme en granit, sans prétention, au pied d'une petite vallée à la sortie du bourg, vers le sud. À l'époque, les fermes de ce type étaient nombreuses et c'était très bien ainsi. Dans la campagne bretonne, on avait appris à se contenter de ce que l'on avait, sans trop gémir. On travaillait, avant tout. On travaillait dur. Après une rude journée passée dans les champs, Alfons Ruhnau se présentait devant la ferme, poussait la porte d'entrée et demeurait debout, les mains posées sur le dossier de la chaise en bois, le temps que le père Thoreux gagne la place qui lui était toujours réservée : le bout de table. François Thoreux était un peu bourru peut-être mais c'était un brave homme. Ce dîner qui attendait l'Allemand dans une vraie maison, en compagnie de gens qui ne portaient pas l'uniforme et qui, de bonne grâce, l'acceptaient sous leur toit, cela relevait du miracle ! Car même s'il apportait un sérieux coup de main dans les champs, on aurait très bien pu refuser de recevoir un type qui faisait partie des salauds qui avaient ruiné le pays tout entier. Quelques jours après son arrivée, il fut saisi par ce qu'il venait de constater : il devait réapprendre à vivre, réapprendre les gestes du quotidien. Comme tous les jours, Alfons Ruhnau, la mère et Annie, la fille, s'approchaient de la table. Arrivait ensuite François Thoreux que le grincement de la lourde porte d'entrée annonçait. Et si tout cela n'était qu'un rêve ? La scène qui se présentait devant lui le troublait un instant. Elle était surréaliste en effet. Des Français qui recevaient un « Boche », chez eux, tous les jours, le nez dans leur soupe bien sûr, mais qui mangeaient tout de même en présence d'un Allemand qui ne faisait que des gestes sourds, gauches et intéressés pour réclamer du sel, un bout de pain, du lard ou un verre de cidre... Cela ne s'était encore jamais vu ici. Quelques regards, fuyants. Pas un mot. Tout juste le « Sscchhll » du contenu de la cuillère qui se faisait aspirer par les bouches un peu grasses et austères de ces gens absolument authentiques. L'ambiance était étrange. Une ambiance de pauvres. Une ambiance de ferme. Mais les Thoreux avaient-ils vraiment quelque chose à dire ? Et puis, avaient-ils seulement réfléchi à la situation ? Pensaient-ils qu'accueillir sous leur toit un Allemand, qui quatre ans auparavant tirait des balles de victoire en bordure de Seine, était chose normale, acceptable même ? Après tout, on manquait de main-d'œuvre, alors un Boche faisait l'affaire aussi bien qu'un autre. De toute façon, depuis qu'ils avaient perdu la guerre, il y en avait pas mal à caser dans les champs, alors, autant occuper intelligemment leurs journées. Ici au moins, ils ne risquaient plus de détruire ni de tuer. Cela leur ferait oublier un peu leurs fusils et leurs histoires de conquêtes. L'odeur de la terre humide et de la bouse, c'était toujours meilleur que la fumée des chars et le bruit des mitraillettes.

Ruhnau ne disait rien, pas même en allemand. Surtout pas en allemand. Il n'osait pas. Il ne pouvait pas. Il était bien traité ici. Il avait si longtemps vécu sous les bombes qu'il n'allait tout de même pas râler ! De toute façon, il avait appris à ne plus savoir réagir, même devant l'insolite. Car elle l'étaient, ces scènes de dîner, même s'il y avait d'autres Allemands à souper dans d'autres fermes voisines. L'Allemand n'était pas libre, mais il pouvait se réjouir d'avoir un toit. On ne lui avait pas demandé de venir. On n'avait pas non plus obligé son pays à entrer en guerre. Et puis, il aurait pu trouver pire. Il avait la chance, lui, d'être là et de profiter d'une bonne table et d'un peu de chaleur humaine. Il était sûr de ne pas se faire trouer la peau avec ces gens-là ! C'était déjà très bien. Beaucoup de ses copains avaient laissé leur peau dans cette guerre. Lui, n'avait qu'une profonde cicatrice dans la fesse et un éclat de grenade dans le bras gauche. Il pouvait s'estimer heureux. C'est du moins ce que tout le monde pensait.

Une ambiance étrange où personne ne disait jamais rien. À cause de la langue. À cause de la peur. Parce que c'était comme cela. Les Thoreux pensaient. Pensaient sans doute très fort à tout cela. Mais l'Allemand n'entendait rien. Du moins, pour le moment. L'Allemand était heureux. Il était heureux car depuis qu'il avait franchi le seuil de ce domaine, il réapprenait ce que la guerre avait fini par lui faire oublier : la vie. La vraie. Il réapprenait à vivre, tout simplement.

Ces premières heures de paix retrouvée, les bonnes tables, la chaleur d'une cuisine, un vrai lit, le plaisir de la fourche et l'odeur de la ferme, tout cela, Alfons Ruhnau l'avait maintes fois rêvé quand il grelottait sur les plaines de Russie, en Ukraine, sous les tirs ennemis lorsque les balles sifflaient au-dessus des casques pour s'écraser dans la terre ou ricocher vers le corps d'un copain. En fait, il ne réalisait pas encore réellement qu'une nouvelle vie venait de commencer et que la guerre était enfin terminée. Même si le bruit de la carabine d'un chasseur le faisait parfois sursauter, les jours passant, noyé dans le travail, il en venait peu à peu à oublier son passé et ce qu'il venait de vivre durant six ans. Les morts, ses copains qu'il ne reverrait plus jamais, et Podlechen. Podlechen était du reste tellement loin maintenant... Podlechen, c'était un peu comme une image que l'on découpe dans une revue, que l'on agrafe sur un mur et qui, à force d'être regardée, finit par vous appartenir. Podlechen, c'était déjà le souvenir. Ce souvenir qui ne ferait jamais plus partie de son présent ni de son avenir. Podlechen était cette image qu'il aurait pu coller sur son mur et ce qu'il aurait rêvé de posséder un jour, justement, parce qu'il ne l'avait jamais possédé. Cette maison-là, il l'avait cependant bien habitée aux côtés de ses parents, de ses frères, de ses sœurs. Il entendait encore le rire de ses habitants. Il sentait encore l'odeur des feux de bois, des oranges et du chocolat que la tante Lucia apportait quelquefois lorsqu'elle venait en vacances... Seul dans un coin, le prisonnier pleurait souvent et le désespoir l'emportait. Qu'étaient devenus ses parents, ses frères et sœurs ? À ce moment-là, il ignorait encore que son père avait été tué par un Polonais. Les images du passé resurgissaient comme de vieux démons qui auraient hanté ses nuits. Ces démons voulaient le perdre et tuer son âme pour expier ses crimes jusqu'au bout, parce que sa main avait tenu trop longtemps un fusil qui avait trop longtemps tiré sur les gars d'en face qui n'avaient rien demandé. Ruhnau aurait voulu mourir. Clément son père, Anna sa mère, ses frères et sœurs, et puis la petite chapelle, les Noëls en famille, le jour de son départ, les copains de combat... Tous ces souvenirs, toute cette mémoire qui coulait encore dans son sang et dans ses yeux revenaient comme la mer qui ne cesse de monter. « Le sang d'un homme est comme les racines d'un vieil arbre, les minéraux d'une terre. Lorsque l'arbre tombe et arrache en tombant ses racines de la terre, il meurt ». Alfons était un déraciné. Mais les Thoreux devaient-ils pour autant subir ses gémissements discrets, ses angoisses, ses regards sombres et ses dégoûts ? Personne n'y pouvait rien, surtout pas Saint-Lunaire et sa région qui n'avaient cessé depuis le début de la guerre de compter leurs absents.

Depuis quatre jours qu'il était devenu l'ouvrier de la ferme des Thoreux, il se tuait au travail et les sensations anciennes revenaient doucement. Le travail de la terre, les outils, la sueur. Dans cette région éloignée de tout, l'ex-ouvrier de Podlechen était frappé, choqué presque, par le retard pris ici en matière d'organisation et de travaux agricoles. Entre sa Prusse à lui et cette région, c'est vrai, les techniques agricoles étaient bien différentes. « Il y avait cinquante ans d'écart ». Les œufs par exemple. En Prusse, tous les œufs destinés à la vente étaient datés avec un cachet du jour. C'était plus sain. Mais l'histoire des vaches offrait un exemple plus frappant. À Podlechen, le vacher qui comme la petite bergère passait ses journées à surveiller son troupeau de peur qu'il ne s'égare, avait disparu depuis des lustres. Là-bas, le barbelé était déjà entré dans les habitudes. Les étables étaient vides. Le problème n'était pas ici de convaincre de l'intérêt du système, car les paysans, même teigneux, finissaient toujours par accepter de jeter au panier leurs vieilles méthodes. La difficulté consistait à se procurer les matériaux. Alfons savait que, dans la commune voisine de Pleurtuit, les Allemands avaient construit un aéroport durant la guerre. Là, il aurait peut-être une chance d'y trouver son bonheur. Aidé d'un camarade, il entreprit de se rendre sur le site. Arrivés sur place, munis de pinces, de gants et après s'être assurés que des mines ne traînaient pas dans les environs, les jeunes hommes commencèrent à couper des longueurs de barbelé et à les enrouler autour de deux planches en bois. Alfons avait inventé un système qui permettait, lorsqu'on accrochait vingt centimètres de fil sur un manchon fixé à deux planches perpendiculaires, d'enrouler l'ensemble en le faisant rouler doucement. Ne restait plus ensuite qu'à poser le tout à l'arrière de la charrette. Seul inconvénient du système, la lourdeur mais aussi la grosseur du colis. Le barbelé n'était pas fait pour clôturer les vaches ! Le fil carré, presque de la taille d'un crayon, finissait par casser quand on le tordait un peu. Le barbelé récupéré — plusieurs centaines de mètres — allait en tout cas servir à établir une clôture autour de la petite vallée. Les Thoreux pourraient bientôt dormir tranquilles, les vaches ne risqueraient plus de divaguer.

Avec ses techniques venues d'ailleurs, le Prussien était en train de transformer le paysage agricole de la commune. Il proposait, conseillait parfois, puis finissait au bout du compte par chambouler les vieilles traditions d'antan. Il y eut le barbelé ; il y eut aussi, beaucoup plus tard, l'arracheuse mécanique de pommes de terre. À Podlechen, il y avait belle lurette qu'on ne les arrachait plus à la main. Alfons se mit en tête d'importer une machine dès que l'occasion se présenterait à lui. C'est ainsi qu'en 1950, il décida de se rendre à la foire de Rennes avec Henri, le garçon de la ferme, pour faire l'acquisition de la machine en question. Le lendemain, sur une parcelle de terre, le long de la route de Dinard, Alfons et Henri effectuèrent les premiers essais. La machine correctement réglée suivait les sillons puis arrachait le légume. Les tests de terrain concluants, le travail commença, mais il fut tout à coup interrompu par un énergumène qui, de sa camionnette, avait surpris la scène. Il levait les bras au ciel en poussant de hauts cris. L'homme était le marchand de pommes de terre de Saint-Lunaire :

« Mais qu'est-ce que vous faites là ? Arrêtez donc ! vous voulez massacrer la marchandise ou quoi ? »

Une arracheuse de légumes, on n'avait encore jamais vu cela ici et il y avait de quoi inquiéter. L'air de rien, bougonnant, le marchand avait tout de même voulu constater sur place. Il ne devait pas tarder à s'apercevoir que la théorie du prisonnier sur le ramassage était à retenir. C'est ainsi qu'il introduisit la première machine mécanique dans la région, machine que les fermiers finirent par s'arracher. Alfons louait sa machine et prenait le temps d'expliquer le bon fonctionnement de l'appareil.

Depuis son arrivée au village il y avait deux mois, l'ex-soldat de la Wehrmacht retrouvait le goût de vivre. Oh ! bien sûr, il ne parlait encore que par gestes aux questions qu'on tentait de lui poser, mais avec la volonté et la rage au cœur, il lui était toujours possible de progresser. Le principe de s'en sortir, d'aller de l'avant, était depuis longtemps intégré. Cela ne changeait pas grand-chose par rapport à ce qu'il avait toujours fait jusqu'à présent à la ferme ou en Ukraine lorsque les Russes lui tiraient dessus ou lorsqu'il se trouvait sous les feux de l'ennemi. Alfons se violentait chaque fois que l'amertume et la tristesse tentaient de le faire sombrer à nouveau. Il ne se laissait plus gagner par le chagrin, même s'il était bien légitime pour un garçon de son âge, de pleurer parfois sur ceux qu'il ne reverrait jamais plus.

Même si Ruhnau ne savait pas encore un mot de français et si le père Thoreux ne connaissait que « Kartoffel », Annie Thoreux décida de le familiariser avec la langue du pays. Il y eut « bonjour », puis « au revoir » puis « comment ça va ? » Un peu plus tard, l'aumônier des prisonniers allemands lui donna quelques cours, et il compléta ces leçons par la lecture régulière du journal ou de bouquins trouvés dans une bibliothèque. Au bout de deux ans, l'Allemand s'exprimait en termes parfois choisis. Tout ce contexte participa à faire naître une complicité entre lui et la petite Annie Thoreux. Au dîner, ils se retrouvaient côte à côte autour de la table. Lorsqu'ils travaillaient aux champs, ils se jetaient des petits regards complices. Les sourires et l'amitié remplaçaient peu à peu les relations prudentes et distantes des premiers jours. Dans la journée, cela se terminait souvent par un petit tour du côté de la rivière, au creux de la vallée des Douets. Annie emmenait les vaches pour les faire boire et Alfons la rejoignait. Ils discutaient, adossés au vieux chêne vert près de la rivière. Annie avec sa timidité discrète. Alfons avec ses mots à lui et ses gestes un peu gauches. Le dimanche, la jeune fille faisait toujours un gâteau et s'arrangeait pour que le prisonnier en ait un morceau enveloppé dans du papier. Celui qu'elle appelait « son Allemand » était prévenant, généreux, peu bavard peut-être, mais « tellement gentil ». Ses parents avaient remarqué cette complicité du regard, du

Alfons Ruhnau et Annie Thoreux dans le jardin de la ferme des Douets, en 1946. Ils se marieront deux ans plus tard.

geste et de la parole. Ils ne disaient rien. Ils regardaient, constataient et attendaient. Au fond, quelque chose leur annonçait qu'une histoire était en train de naître entre ces deux personnages. L'Allemand qui était arrivé un matin de septembre et dont Annie Thoreux avait eu pitié, prenait place peu à peu dans leur vie.

CHAPITRE VI

« On va l'crever ton Boche !... »

Comme chaque dimanche après-midi, Annie Thoreux rejoignait des camarades rue du Port, près de l'église. Histoire de divertir un peu les villageois, les quatre jeunes filles et amies d'enfance avaient l'habitude de se retrouver pour jouer ensemble, dans le petit théâtre, *Ces dames aux chapeaux verts*. Il était aux environs de 16 heures. La pièce avait commencé depuis un quart d'heure. Il y avait là une centaine de personnes assises au pied de la scène. Annie qui intervenait vers la fin de la pièce n'avait pas encore paru. Cachée derrière un paravent, elle appréhendait son arrivée sur la scène. Elle était inquiète. Elle avait peur. Peur des mauvaises langues. Peur de celle qui, la veille, lui avait dit que l'Allemand n'avait plus rien à faire ici. Peur de la charcutière qui ne comprenait pas pourquoi elle s'amourachait ainsi d'un garçon comme lui. C'était tout de même un Allemand ! :

« Y en a d'autres pour toi dans le village, Annie ! » lui avait-on lancé.

Le cœur serré, la petite fermière monta finalement sur la scène. Mais son apparition, qui devait être le clou de la pièce, tourna vite au cauchemar :

« Traître, sale Boche !... Toi aussi t'es comme eux !... On va l'crever ton prisonnier ! »

Du haut de la scène, Annie reconnaissait des visages. On voulait la tuer. Des poings se levaient. Certains saluaient à la manière des hitlériens. À ses côtés, les copines d'enfance ne bougeaient pas, leurs regards étaient baissés. Elles quittaient la place les unes après les autres. La vieille amitié s'arrêtait là, sur un coin d'estrade et sous les cris du public...

Plus tard, à la suite de ces premiers incidents et comme pour forcer le destin, une vieille femme n'hésita pas à montrer son opposition à la haine ambiante. Un jour que les prisonniers élaguaient des arbres le long de la route qui conduisait à Dinard, elle apporta aux travailleurs une carafe de vin chaud que les types burent en cachette en prenant garde de ne pas être vus du gardien. Les jours suivants, elle leur fit un signe de la main pour leur dire bonjour. Il lui arrivait aussi de déposer un paquet de cigarettes sur une pierre près du porche de sa maison. Ce genre de manifestation d'amitié à l'égard des Allemands était peut-être marginal. Peut-être légitime aussi. Laissant parler son cœur, Annie Thoreux n'avait pas choisi la voie la plus simple pour s'ouvrir les portes d'un bonheur sans nuage. En s'amourachant d'un Allemand, d'un ennemi du peuple et de la nation, elle devenait elle-même une traître. Dès lors, elle ne pouvait espérer mieux que de voir le monde lui tourner le dos. Elle aurait pu choisir un gars du pays. Il n'en manquait pas dans la région. Elle avait le choix. D'ailleurs, il y avait bien un jeune qui s'intéressait à elle, mais elle n'en avait pas voulu. Si elle n'avait pas jeté son dévolu sur un Français, elle aurait au moins pu le faire sur un Américain...

Dans ce petit village d'Ille-et-Vilaine, tous les éléments étaient réunis pour qu'un jour ou l'autre les choses tournent mal. La présence prolongée d'un Allemand chez des fermiers qui avaient demandé à l'héberger de manière permanente en raison de sa bonne conduite. Les sorties fréquentes du prisonnier avec la Française. Leurs promenades au bord de la plage. La vue du Boche et de la fermière devenait insupportable, et l'on était décidé à y mettre un terme. Tout cela sentait si mauvais. On savait bien qu'avant elle, d'autres avaient accepté de se faire courtiser par des « schleu », mais cette présence, cette complicité évidente entre cet homme et cette femme, était injurieuse. Il s'agissait tout de même d'Annie Thoreux. La fille de François. La gentille Annie. Proches, intimes ou simples relations ? les discussions ne portaient plus que là-dessus. On en parlait sans cesse, dans la rue, au bistrot, dans les champs, à l'étable ou derrière une bolée de cidre. Si on ne disait rien, si on acceptait cet état de fait sans bouger, on se rendait complice, forcément. Annie avait tenté de se défendre, mais sans résultat. Elle avait tenté d'expliquer qu'elle avait la fraîcheur toute pure d'une adolescente dont le cœur eut pitié un jour d'un pauvre type qui ne pesait plus que quelques kilos quand il arriva en Bretagne ; elle avait eu beau tenter d'expliquer son amour pour cet Allemand et d'expliquer qu'elle n'avait jamais rien fait que la morale réprouve, qu'elle n'agissait que guidée par l'amour et l'humanité, la haine grandissait au village... Il était trop tard. Elle était allée trop loin. Elle avait fait son choix. Et l'on ne pouvait plus rien pour elle. Allez donc vous défendre devant ceux qui viennent de subir l'occupation durant plusieurs années. Le bruit des bottes, le soir, quand sonnait le couvre-feu, celui des camions, des mitraillettes, la silhouette de la garde noire en ciré ! Sans parler des pressions, des interrogatoires, des disparitions, des camps de tortures, des horreurs et du désespoir de ne pas voir revenir ceux qui, depuis longtemps, étaient morts... Allez donc leur expliquer que Annie Thoreux n'en était pas, une collabo !

Ici, personne ne pouvait se soustraire à la règle. Pas même Annie Thoreux. En s'affichant avec l'Allemand, elle se rendait complice d'un système qui avait détruit des familles tout entières. Annie devait « disparaître » et, avec elle, son « prince charmant » et tout le reste de la famille. Saint-Lunaire avait prononcé le jugement. Les Thoreux seraient harcelés, sans cesse, jusqu'au départ du prisonnier.

Avec l'arrivée du Prussien, avec cet amour grandissant que les voisins suspectaient depuis longtemps, la petite Annie tant aimée jadis venait de signer son arrêt de mort. On ne venait plus la voir à la ferme. On ne lui parlait plus. On baissait le regard ou on changeait de trottoir pour l'éviter. D'autres la bousculaient, d'autres encore lui lâchaient des « sale P...! » Elle aurait bien voulu, parfois, qu'il soit américain. La disgrâce laissait place aux menaces. Kurt Knodel avait prévenu son camarade :

« On veut ta peau Alfons ! mieux vaut ne plus sortir le soir. Cela devient beaucoup trop dangereux. »

La nouvelle n'avait pas surpris l'Allemand qui regardait les événements avec sérénité. Il avait longuement réfléchi au problème et avait décidé de se faire accepter quoi qu'il lui en coûte. La lettre anonyme que le facteur apporta un matin à la ferme n'était pas faite pourtant pour le rassurer :

« Que le Boche qui est chez vous quitte les lieux sous quarante-huit heures, sinon, on se chargera de lui et nous ne répondrons plus de rien... »

Lundi 27 octobre. 10 heures. Deux gendarmes arrivèrent à la ferme. Ils demandèrent à parler au prisonnier car il se serait rendu coupable d'un vol. Une bicyclette avait disparu près de l'église. Mais il y eut plus grave encore, il aurait abusé d'une jeune femme sur la plage. Un témoin aurait entendu des cris. Il était aux environs de 20 heures. L'homme avait surpris la scène et avait fui. Depuis son audition, ce témoin n'avait cessé de confirmer les déclarations qu'il avait faites la veille au soir. La jeune femme, les cris, l'homme blond, une ombre sur le sable et puis plus rien, le silence dans la nuit. Depuis l'incident et comme une traînée de poudre, la nouvelle avait fait le tour du village. Manifestement, l'Allemand avait beau vouloir prouver son innocence, les preuves semblaient accablantes. Tous ceux qui depuis son arrivée n'acceptaient pas sa relation avec la petite Thoreux, commençaient à respirer enfin. L'Allemand allait bientôt repartir, menottes aux poignets. Saint-Lunaire en serait débarrassé. Les gendarmes ne disposaient que d'un seul témoignage et, vrai ou faux, ce scénario était le meilleur qui puisse se présenter à tous ses détracteurs. Le viol d'une jeune femme arrivait à point nommé. Après tout, il méritait probablement d'être puni. Contre toute attente, les gendarmes venus interroger la victime ne trouvèrent jamais trace de la jeune femme et aucune plainte ne fut déposée à la gendarmerie. La soi-disant victime avait disparu. Lors d'une confrontation avec le présumé coupable pourtant, le témoin confirma ses dires. Il avait bien vu un jeune homme, de taille moyenne, plutôt costaud allongé sur la plage avec sa victime et tentant de la bâillonner parce qu'elle criait. Ce type qu'il avait vu sur la plage près du rocher, c'était lui. C'était bien Alfons Ruhnau. Poussé par la peur, le témoin avait pris soin d'alerter les gendarmes... Mais, à ce dossier, on ne donna jamais suite. Et les gendarmes comprirent bien vite qu'il s'agissait d'un coup monté.

Cependant, il fallait prendre des précautions malgré tout et considérer comme sérieuses les menaces qu'il avait reçues ces derniers jours par lettre anonyme. Durant huit jours, Kurt Knodel et quelques camarades du commando choisirent de monter la garde autour de la maison. On organisait des quarts durant la nuit. De son côté, Ruhnau, qui dormait dans l'écurie, un bâtiment contigu à la ferme, décida de se barricader. Chaque soir avant de s'endormir, il bloquait la porte d'entrée avec un pieux coincé au sol, une fourche posée à proximité. Le vieux rêve des villageois de voir le « Boche envoyé au bagne » ayant été maintes fois compromis, il ne restait plus que la procédure administrative. Le prisonnier allemand fut envoyé à Rennes, soixante-dix kilomètres plus loin, où il resta enfermé huit jours, dans un camp, pour « mauvaise conduite ». Puis, grâce à l'intervention de François Thoreux, le prisonnier put rejoindre la place qu'il occupait jusqu'alors.

Voilà deux années qu'il travaillait comme prisonnier agricole dans la ferme des Thoreux. Malgré la haine toujours présente dans tout le village, Ruhnau vivait bien. Il bénéficiait de la confiance du patron et de sa femme, et surtout de l'amour de leur fille unique dont il s'était épris. Il mangeait à sa faim, logeait sous un toit et dormait dans un lit. Cependant, il lui manquait un élément vital. Alfons Ruhnau songeait parfois à la liberté qu'il n'avait pas encore recouvrée. Appuyé contre le battant de la grange et attendant l'arrivée de François Thoreux pour travailler aux champs, le jeune Prussien pensait, tout en tirant sur une cigarette. Il revoyait sa Prusse, son père, sa mère, ses frères et sœurs. Il

songeait à l'avenir. C'est à ce moment qu'Annie Thoreux se jeta dans ses bras :
« Alfons, Alfons, ça y est tu l'as !... »
Annie Thoreux, l'air enflammé, lui avait sauté au cou. Elle tenait une lettre dans la main...
« Quoi, qu'est-ce que j'ai ? questionna Alfons.
— Tu es libre Alfons, tu es libre ! »
Dans sa tête, cette nouvelle fit l'effet d'une bombe. Depuis huit ans qu'il avait quitté Podlechen pour partir au front, il avait perdu sa liberté. La guerre était finie depuis deux ans et plus rien ne bougeait. Soldat, prisonnier de guerre, il était habitué à ne plus répondre qu'aux ordres de supérieurs civils et militaires, ballotté par les désirs des uns, les exigences des autres et la haine de certains. Cette lettre que lui apportait Annie indiquait qu'il était libéré du dépôt 1102 auquel il appartenait depuis son arrivée en Bretagne. Il devenait travailleur libre. Nous étions le 5 septembre 1947, jour de son anniversaire. Il avait vingt-huit ans. C'était aussi un 5 septembre qu'il avait quitté Podlechen pour partir à la guerre. Cette lettre, ce courrier devenait brusquement son passeport pour l'avenir et pour l'espoir. Son sauf-conduit. Sa liberté. Son rêve. Son fantasme. Il n'était plus, officiellement, prisonnier militaire, ennemi désigné, l'ex-soldat d'une section de la Wehrmacht. Ruhnau était libre et il pouvait repartir. Mais depuis le 12 février 1947, date de la tenue de la Conférence de Yalta, il n'y avait plus de Prusse orientale. Le pays était devenu polonais. S'il repartait dans son pays, qu'allait-il donc trouver ? La ferme allait-elle être encore debout et n'allait-il pas retrouver tous les siens, leurs noms gravés sur la plaque d'un cimetière ? Voilà si longtemps qu'il était sans nouvelles !... Il avait bien pensé un moment repartir pour la région du Rhin où il avait séjourné lorsqu'il était

au front car le pays lui avait plu, mais pour quoi faire ? Pour repartir une fois de plus à zéro ? Retourner chez sa tante Bidau à Nordhausen ? Sûrement pas, la région était infestée de soldats russes. Par les accords de Yalta et de Potsdam, Staline avait pu mettre la main sur une partie de la Prusse orientale avec Königsberg ; se jeter dans la gueule du loup pour finir au goulag n'était donc pas non plus une perspective d'avenir exaltante. Maintes fois, Alfons Ruhnau avait pleuré sa famille, sa maison, sa terre et ses ambiances. Combien de fois n'avait-il pas eu envie de mourir, désespéré d'être si loin de ses racines, de ses gènes et de son sang ? Combien de fois n'avait-il pas crié dans son cœur de n'avoir été qu'un objet, qu'un simple objet que ses chefs avaient transformé en machine à tuer ? Cette liberté soudaine portait un goût amer, mais il fallait maintenant choisir. Conserver ce dont il bénéficiait parmi ces gens qui l'avaient adopté ? Il fallait faire un choix... Entre celui de retourner vers l'incertain et celui de préserver ce qu'il avait mis deux ans à rebâtir, son âme, son courage, sa volonté tenace de revivre à nouveau... Entre le choix de vivre sur un immense parterre de cendres et celui de conserver ce que les Thoreux lui avaient donné, l'amitié et la terre, la réponse était toute trouvée. Et puis, il y avait surtout l'amour. L'amour entre deux jeunes gens que rien ni personne n'aurait pu songer voir un jour réunis. Contre toute attente, les dangers, la haine et le climat de guerre civile qui les entouraient avaient renforcé leur amour naissant. Ce même soir, au dîner, Annie Thoreux demanda à son père la permission de se marier. Le vieux paysan, qui depuis longtemps avait jugé l'Allemand qu'il savait dur à l'ouvrage, accepta volontiers l'union.

« D'accord, mais qu'on ne vienne plus maintenant me dire du mal de mon gendre ! »

Ils officialisèrent leur union le 23 juin 1948. Ce jour-là, trente personnes les attendaient au bas de l'escalier de pierres menant à la mairie de Saint-Lunaire, hurlant cris et insultes au milieu d'un cliquetis de ciseaux. Cinq jours plus tard, les deux jeunes gens se présentèrent à l'église du village où l'abbé Rivière les attendait. La nef était vide. Annie Thoreux ne portait pas la grande robe blanche dont elle avait toujours rêvé. La bénédiction religieuse eut lieu dans le plus grand secret. Ce jour-là, il était 5 heures du matin...

En 1946, une parente religieuse dont Alfons Ruhnau se rappelait l'adresse en Allemagne lui donna des nouvelles de ce qu'il restait de sa famille. Plusieurs mois plus tard, une lettre d'Aloys, son frère aîné, lui apprit la mort de leur père Clément sur le chemin de l'exode, de sa sœur Lucie, et de son frère Clément au combat. Sa mère, quant à elle, avait gagné l'ouest du pays et s'était installée à Heidenheim, non loin de la frontière française. Anna Ruhnau vécut jusqu'en 1976. Alfons eut le bonheur de la revoir à quatre reprises. Il avait beaucoup espéré ces retrouvailles qui lui permettaient, à chaque fois, de revivre un peu son passé.

L'ex-Prussien de Podlechen prit la suite de son beau-père à Saint-Lunaire. Durant seize ans, il cultiva la terre, s'occupa des vaches et, quand il comprit que la ferme ne lui permettrait pas de vivre décemment, il loua la terre et devint maçon. Il construisit ainsi une trentaine de maisons dans le quartier de Longchamp ainsi qu'une partie des habitations situées au-dessus de l'ancien cimetière. De son mariage avec Annie Thoreux, il eut trois filles. Le Prussien qui cherche encore parfois ses mots, le Prussien dont le fort accent rappelle qu'il n'est pas d'ici, est un homme discret. Il ne s'est pas dévoilé à ses enfants. Ou si peu. Dans les campagnes prussiennes comme en Bretagne, on a toujours caché ses sentiments. Le Prussien est un émotif mais pas un démonstratif. Depuis qu'il a reconstruit sa vie sur cette terre qui ne l'attendait pas, la mémoire d'Alfons Ruhnau est comme une très vieille malle de bois perdue dans le fond d'un grenier au milieu de la poussière, des cartons de livres, des romans, des revues oubliées, des poupées de porcelaine de grand-mère, des vieilles robes, des chapeaux qu'on ne met plus et des odeurs fanées de naphtaline. Mais sa mémoire est bien là, dans un coin de son esprit dont il est le seul à connaître l'emplacement. Sa mémoire est comme cette très vieille malle que personne n'est allé déplacer par crainte sans doute de troubler un esprit, de surprendre un secret, de briser un tabou. Alors, il l'a occultée en partie, parce qu'il y a en lui cette volonté inconsciente d'oublier, parce qu'on ne lui a jamais rien demandé. Parce que, chez les Ruhnau, on ne parlait pas de cela. On ne posait pas de questions. D'ailleurs, aurait-il répondu aux questions qu'on était en droit de lui poser ? Dans le fond, n'y a-t-il pas en lui cette volonté d'oublier un passé dérangeant. C'était la Wehrmacht bien sûr. Mais la Wehrmacht de l'Allemagne nazie ! « Et puis saura-t-on jamais tout ce qui s'est réellement passé ? De toute façon, quand on a passé des années à marcher sur les morts, on devient dur... C'était eux ou moi... » Mais quand il lui arrive de revivre les instants de ce passé maudit, lorsqu'il lui arrive de revoir les morts, les corps mutilés et les décombres, quand on l'interroge, quand on le pousse dans ses retranchements, Alfons Ruhnau s'ébranle brusquement. L'émotion le gagne et les souvenirs surgissent alors abondamment. Son visage s'émeut. Il est heureux d'en parler.

Alfons Ruhnau pose en compagnie de sa mère, en août 1951, devant le Grand Hôtel de Saint-Lunaire. La plage a été déminée. La vie a repris son cours.

Dans un petit coin de la cuisine, Annie et Alfons Ruhnau se livrent au récit de ce qui leur appartient, au récit de leur secret, de leur amour, ce qui a fait et fait encore partie de leur histoire, pour toujours. Leurs gestes sont simples. Leur amitié est vraie. Leurs émotions sont sincères. De temps à autre, l'ex-Prussien tire de sa poche un mouchoir. Ses yeux sont humides. Ils contiennent toute sa vie, sa guerre, ses souffrances, ses remords peut-être, ses joies et son amour pour Annie Thoreux, la fille du fermier. Celle qui lui était destinée, un matin de septembre 1945. Une vie comme celle-là...

« Je lui ai souvent demandé d'écrire son histoire », raconte Annie, « mais il n'a jamais voulu ». Il n'a jamais voulu, car il mesure bien, Alfons, l'horreur de cette guerre, et sait qu'écrire son passé de sa main eût été une agression de plus. Il sait bien que lorsqu'un conflit voit disparaître trente millions d'être humains, que lorsque six millions d'entre eux sont massacrés dans des camps de la mort, il sait bien, Ruhnau, que la vie d'un soldat, d'un soldat de la Wehrmacht qui plus est, reste un tabou pour nombre de gens. Il sait que revenir sur ces faits, raconter sa vie lui-même, serait une injure faite aux victimes, aux blessés, aux morts d'une guerre qui fut un effroyable génocide. Il sait bien tout cela Alfons Ruhnau...

Au soir de leur vie, en signe de revanche sur la haine, en signe de réconciliation, de pardon peut-être, le vieux couple fit un don. Cette petite vallée où ils se firent un jour leur premier baiser, ils décidèrent de s'en séparer pour l'offrir à la commune de Saint-Lunaire. Aujourd'hui, deux hectares de terres descendent des hauteurs pour longer la rivière où jadis les vaches venaient boire. Depuis ce 6 juin 1993 où tout le village est venu défricher la vallée, « la vallée de l'Amitié », Alfons Ruhnau est devenu « Citoyen d'Honneur » de la ville de Saint-Lunaire. Un cadre accroché à l'un des murs de son salon est là pour le rappeler. Cette vallée est cette partie de lui, ce morceau d'histoire qui ne veut pas mourir, malgré tout, « parce qu'il ne faut rien oublier de son histoire, de l'histoire en général et de son propre passé », raconte-t-il souvent. Le don de sa vallée à la commune est par tous considéré comme un symbole, le symbole de la paix et de la réconciliation. « Il y a longtemps que je voulais faire quelque chose. Que je voulais prouver ce que j'étais réellement. Il y avait en moi ce désir puissant de montrer que je n'étais pas comme eux, même si j'étais des leurs. Non, nous n'étions pas tous des salauds ». Il y a quelques années, le maire de la commune questionna Ruhnau :

« La vallée, c'est votre revanche à vous, pas vrai ? »

Avec le temps, Alfons Ruhnau est entré dans l'histoire de Saint-Lunaire. Il fait aujourd'hui partie du présent. C'est lui qui, dans la paroisse, donne un coup de main au curé, prépare les enterrements, anime les messes et dirige la chorale.

Désormais, sur les petits ponts de bois qui enjambent la rivière, sur les allées arrondies qui enroulent les vieux chênes, des parents se promènent et jouent avec leurs enfants qui crient et s'amusent. Ils révèlent toute l'insouciance de leurs jeunes années.

Le Prussien les regarde, en pensant à l'avenir.

De toute cette histoire, il ne reste désormais qu'un passé blotti au fond d'un cœur, quelques photos en noir et blanc, des cicatrices et beaucoup de remords. Pour l'ex-soldat de la Wehrmacht — il obtint la nationalité française en décembre 1996 —, il reste aussi la rancœur. La rancœur d'avoir perdu six ans, la tristesse d'avoir eu à rechercher les siens durant si longtemps. Après tant d'années, Alfons Ruhnau abrite encore en lui cette souffrance. «Car elle ne peut tarir». La souffrance et la douleur de savoir qu'il ne reverra jamais plus «la petite maison de Podlechen» car ça lui ferait trop mal. La douleur de penser à tout ce que la guerre a détruit. Sa guerre et celle que mena durant si longtemps son pays. La douleur enfin de penser à tous ceux que les combats lui ont volés... à ces millions d'autres humains, à ces enfants, ces femmes, ces hommes morts pour rien.

Pour rien.

TABLE DES MATIÈRES

Préface, par Patrick Poivre d'Arvor   9
Avant-propos   11

CHAPITRE I
« Adieu maman... »   13

CHAPITRE II
Un seul mot d'ordre : continuer   41

CHAPITRE III
« On n'en aura donc jamais fini... »   77

CHAPITRE IV
« À la recherche de ma famille »   93

CHAPITRE V
« Ce qui m'a fait le plus mal, c'est d'avoir quitté mon pays »   103

CHAPITRE VI
« On va l'crever ton Boche !... »   123

Collection «Art et Villes»

*Édition d'art numérotée
illustrée avec des dessins
au trait et des lavis.*

15 x 22 cm
48 pages
95 F

Collection « Bibliothèque Chateaubriand »

Charles du Boishamon (1813-1885), neveu de l'écrivain, raconte un Chateaubriand inattendu et intime, très attaché à ses amis (Lamennais), à ses racines et à ses souvenirs de Bretagne.

Édition d'art sur papier Rives à tirage limité avec préface, notes, photographies, dessins et reproductions de manuscrits.

48 p. - 15 x 22 cm - 95 F
ISBN 2-84421-001-5

Entretiens avec les meilleurs spécialistes de Chateaubriand :

Jean-Paul Clément
Guillaume de Bertier
Michel Le Bris
Bernard Heudré
Pierre Riberette
Jean-Claude Berchet
Marc Fumaroli
José Cabanis
Sonia de La Tour du Pin
Jacques Gury

256 p. - 15 x 22 cm - 128 F
ISBN 2-84421-003-1

À paraître :
- Maurice du Boishamon, Les Bédée et l'ascendance maternelle de Chateaubriand.
- Guillaume de Bertier de Sauvigny, Chateaubriand et la politique.

Hors collection

Dramaturge et poète, Marie-Joseph Chénier fut un homme en colère. En 1792, réclamant moins de sang que de lois, il fit gronder les partisans de Robespierre. Il irrita aussi Napoléon. « M. Chénier adora la liberté ; pourrait-on lui en faire un crime ? » demandera Chateaubriand. Rééditées aujourd'hui, deux de ses grandes tragédies politiques, *Caïus Gracchus* et *Tibère*, rappellent que c'est au théâtre que sa résistance intellectuelle s'est toujours affirmée.

138 p. - 14,5 x 20,5 cm - 98 F
avec introduction, notes et bibliographie
ISBN 2-84421-004-X

136 p. - 14,5 x 20,5 cm - 98 F
avec photographies et reproductions de manuscrits - ISBN 2-84421-005-8

En ces paysans de Bretagne « si braves sous la bouche meurtrière des canons », Balzac, jadis, voyait des héros jetés dans une « épouvantable guerre », et Napoléon, lui, parlait de « géants ». Comment auraient-ils, l'un et l'autre, salué Jean Jouäud ? Celui-ci, en effet, échappait à la norme. Premier maire de Bourgbarré et fervent patriote durant cinq années, il choisit brusquement, en 1794, de rejoindre les chouans. Il combattit la République auprès du comte de Puisaye.

LES CINQUANTE PREMIERS EXEMPLAIRES
DE *L'ALLEMAND DE SAINT-LUNAIRE*,
PAR ARMEL JOUBERT DES OUCHES,
ONT ÉTÉ NUMÉROTÉS DE I À L.

Achevé d'imprimer
par Corlet Numérique
14110 Condé-sur-Noireau, n° d'Imprimeur : 2894
pour les Éditions Cristel (Saint-Malo)
Imprimé en UE
Dépôt légal : avril 2000